inn earth

地球旅馆 No.03 · 食物

Maison fondée en 1862
LADURÉE
Paris

VISA
VISA
2009
MÁS VOTADOS
2010
MÁS VOTADOS
30%

所幸，
我们升起了炉火，
又烹煮了食物

张进步 × 程　碧
主编

中国致公出版社
China Zhigong Press

图书在版编目（CIP）数据

所幸，我们升起了炉火，又烹煮了食物 / 张进步，
程碧主编. -- 北京：中国致公出版社，2018

ISBN 978-7-5145-1289-2

Ⅰ. ①所… Ⅱ. ①张… ②程… Ⅲ. ①散文集 - 中国
- 当代 Ⅳ. ①I267

中国版本图书馆 CIP数据核字（2018）第 118032号

所幸，我们升起了炉火，又烹煮了食物

张进步 程碧 主编

责任编辑：孙兴冉

责任印制：岳　珍

出版发行：中国致公出版社 China Zhigong Press

地　　址：北京市海淀区翠微路2号院科贸楼

邮　　编：100036

电　　话：010-85869872（发行部）

经　　销：全国新华书店

印　　刷：北京旭丰源印刷技术有限公司

开　　本：710毫米×1000毫米　1/16

印　　张：16

字　　数：218千字

版　　次：2018年12月第1版　2018年12月第1次印刷

定　　价：68.00元

CONTENTS

Fortunately, we raised the fire to cook the food

PART THREE 我们愿意去慢慢品味生活

把心思变唯一

Text / 张进步

如果在阅读这篇文字的此时此刻，让你对十年前的自己说一句话进行告诫，你会说什么？

首先得想想十年前我是什么状态。

十年前的我，似乎很着急，但是又不知道在急什么。似乎有很多想法，又不知道该怎么实现。想东想西，北上南下，生活无比混乱。现在我回看那时的自己，都为自己捏把汗。到底急什么呢？为什么急呢？可以肯定的是，彼时的我，完全不能平静下来对待自己。

十年前，我曾记录过自己的心情：

有时候，

天突然黑了，

我守着自己的窗子，

一心想看清远方，

到底有什么东西。

一轮磨盘大的落日，

从眼前碾了过去。

我坚持不让自己心慌，

伸手在空中慢慢擦拭。

时间这东西，想想还真奇怪，它是一个通道。可你不知道它会通向哪里，你在这里头走着，在你身后，通道总是在第一时间被泥沙填满、凝固。你无法回头，也无法回望，转身已是隔世。所谓的回望，只是在你脑海里的一次虚构。

假如有这样的机会，可以和十年前的自己对话，我想，我会对十年前的自己说：别再想东想西了，坚持去做好一件事吧。看清远方，更要明了自己，然后，把心思变唯一。

之所以会想到这些，是在编辑本期稿子的时候有了感触。

“Jackie很害羞，家里招待的人多时，她也只是笑笑地打招呼，低声跟几位熟客聊天，把当众说话的机会留给开朗的丈夫。家里整洁温暖，有回忆，有希望。处处看得到女主人的趣味和小心思。生活平淡、简单又安稳，没有豪华，没有过度，一切满足，一切刚好。”

——秦孟《无比美好，又无比平凡：英国外婆 Jack-Jacks 的厨房》

“在家家户户都想要把龙虾、鲍鱼、鱼翅加进餐单里让家常便饭变成天价珍馐的时候，老板却重视那种从香港还是物资贫乏的小渔村时流传下来的平易近人却别有一番讲究的味道。”

——刘文《中国香港：茶餐厅与下午茶，懂得生活中微小的快乐》

“生活其实本来就犹如这样一枚枚小甜饼，做起来很费时间也并不容易，虽然一口就可以吃进去，但是更多的时候，很多东西需要我们慢慢去品味。”

——吴辛欣《法国：有马卡龙的巴黎，我愿意去慢慢品味生活》

“小山裕久曾解释过这种做法，在调味时如果直接用醋，客人入口会觉得很酸，但酸味在口中很快会消失，不能持久回味。为了改变这个微小的细节，料理职人们想出用“果冻”状的醋入菜，使之慢慢在客人口中溶解，既可长久回味，又不至于入口太酸。正是这种对于细节的孜孜以求，造就了极致的味觉体验。”

——中午十三点《日本：米其林餐厅，美食即修行》

引用得似乎有点多，不过真的是句句令我触动。

不管在什么样的环境里，都要心无旁骛，做一个生活的热爱者、享受者。

不知道为什么，我想到了最近听到的一句歌词：把心思变唯一。

每次每次，当我在编辑《InnEarth》的稿子，每次每次，当我在我的工作里看着全世界，我都在想：如果能早一点对这个世界有这么多的了解就好了，也许在更年轻的时候我就能“看清远方到底有什么东西”，也就能内心平静、坚定地面对自己。

人生或许会是另外一种样了吧。

当然，这也是一种假设。如同和十年前的自己对话一样的假设。

还是回到食物，说说食物，虽然只能提供一些比较浅薄的看法。

食物，不管什么样的食物，终究都是美食，只看面对的食客是谁。

如同，你我在这个世界上都是有用的，哪怕我们所能起到的作用，仅能慰藉到一个人的心。

如果有此荣幸，真希望《InnEarth》能够成为你心灵的慰藉。

PART ONE

与食物有关的一天

I

Photo / 陈恬　Text / 秦孟

无比美好，又无比平凡：英国外婆 Jack-Jacks 的厨房

As Far as Anyone Knows, We Are a Nice, Normal Family

Jacqueline Greenway（杰奎琳·格林卫）和先生 John Greenway（约翰·格林卫）的生活是英国普通家庭的幸福范本（以下简称 Jackie、John）。他们在诺丁汉读大学时相识，毕业后一起到伦敦工作。从没想过要把家安在这里的 Jackie 花了八年时间才适应大城市的生活。

△ Jackie 小时候的照片，兄妹三人，中间是她

东伦敦泰晤士河湾的这片地区，从罗马时代起就是繁忙的货运船坞，经历了“二战”后的萧条荒废，现在是安宁祥和的住宅小区。成家后的 Jackie 和 John 在这栋红色的三层小楼里安顿下来，一住就是三十多年。

从怀上第一个孩子的那天起，Jackie 就放弃了全职工作。她说：“孩子和家庭对我来说是最重要的，我从没考虑过其他选项。现在想想如果当初把精力花在别的事情上，也许日子会过得不同，但是我了解自己，那不是我的人生。”

待到三个孩子都上了学，Jackie 才开始做一些兼职工作。她做过护士，也做过社区大学的英语老师，帮助一点儿英语也不会讲的海外移民适应这里的生活。她说自己受父亲的影响，总是不自觉地想去为那些需要帮助的人付出。

△ Jackie 在看 John 的同事们送他的 60 岁生日贺卡

Jackie 的父亲是一位精神科医生，她的童年是在英格兰北部小镇的一个精神病院里度过的。她在大学主修心理学，毕业后却想做些更实际的工作，所以选择在伦敦的 Guy's Hospital（盖伊医院）受训当护士。

如今，儿子女儿都各自成家，搬出这座他们从小生活的房子。Jackie 已经是四个孩子的奶奶和外婆。三岁的外孙女 Isabella（伊莎贝拉）总是甜甜地叫她 Jack-Jacks，她也最喜欢这个名字。

Isabella 和爸爸妈妈住在离伦敦不远的海边城市布莱顿，Jackie 每周都会带着烤好的蛋糕和点心，坐早班火车去看他们。

△ Jackie 在做饭

△△ John 帮忙端食物

△ Jackie 在二楼客厅

儿子跟儿媳是从小一起长大的，青梅竹马，两家人是多年的朋友。十七岁时，他们忽然相爱了，十九岁那年就决定结婚。家里的大人们都吓了一跳，Jackie更是问了儿子好几遍："你确定吗？真的确定吗？"到今年他们已经结婚十年了，有两个可爱的孩子，还是一样深爱着对方。

Jackie 的厨房朴素干净，却到处都有幸福家庭的证据。这个碗里放的是刻着全家人姓名的餐巾环，上到 John 的姑母，下到一岁的小外孙女，每个人的名字都在这里。Jackie 高兴地说第五个孙子马上就要出生了，先生已经拜托银匠打制一个新的，今年圣诞节就可以用上了。

▵ “大家都知道我们是个美好平凡的家庭”

▿ 碗里放的是刻着全家人姓名的餐巾环

▵ John 的书桌

▿ 给客人玩的，用来了解上帝、基督教的卡片游戏

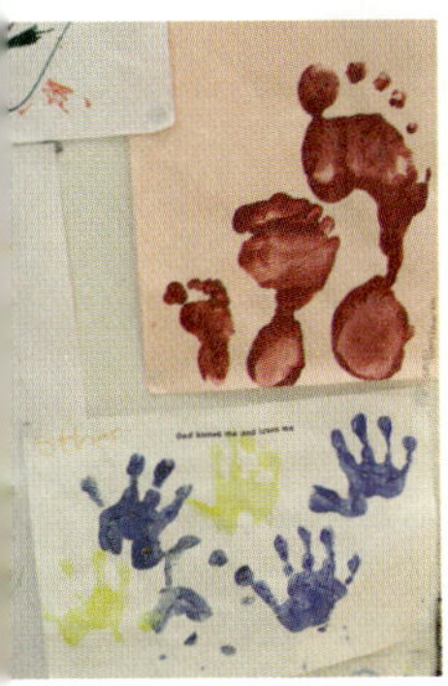

◃ 厨房门上贴的孩子们的手印和脚印

◃◃ 书架上儿子儿媳、女儿女婿的照片

◃◃◃ 后花园的长椅

Jackie 和 John 都是热心虔诚的基督教徒，所以除了照顾家里人，Jackie 的时间都花在教堂的各项活动上。

六月的一天，她早上跟 John 一起吃早餐。John 上班后，她留在家里为晚上教堂互助小组的聚会准备面包和 Flapjacks（燕麦棒）。午餐很简单，是一人份的面包、奶酪和水果。午休过后，她出门去邀请社区里的孩子们参加周末教堂的小朋友俱乐部的活动。

之后，她回家准备晚餐和甜点。John 六点半下班回家，两人一起坐在屋后的花园里吃晚餐。

◁ Jackie 准备的晚餐

△ 晚饭后教堂互助小组的成员来做客

晚餐后稍事休息，八点钟的时候，教堂互助小组的成员就陆续来了，大家坐在一起，喝茶、吃点心、聊聊家常，读《圣经》，讨论《圣经》，还会玩儿一些帮助新加入的成员了解基督教的卡片游戏。

Jackie 很害羞，家里招待的人多时，她也只是笑笑地打招呼，低声跟几位熟客聊天，把当众说话的机会留给开朗的丈夫。家里整洁温暖，有回忆，有希望。处处看得到女主人的趣味和小心思。生活平淡、简单又安稳，没有豪华，没有过度，一切满足，一切刚好。

End...

◆ Jackie 的私房家常菜谱 ◆

假日全家三代人聚在一起时，Jackie 会制作拿手菜：香草慢烤羊腿配土豆和蔬菜。她喜欢甜食，又擅长烘焙，常常带着孩子们一起烤蛋糕。如果是夏日烧烤聚会，则轮到 John 挽起袖子把腌制好的鸡腿、汉堡肉、香肠和大块大块的牛排放在烤肉架上，在花园里热热闹闹地招待客人。

出国想家的时候，Jackie 一定会做 Scone（司康饼）配红茶，简单美味的英式下午茶最能放松心情，一解思乡之苦。在她心中，最有英国特色的食物是橘子果酱（用柑橘类的果实制成，有橘皮或者柠檬皮细丝在里面，英文名叫 Marmalade）配切片面包做成的早餐。

△ Flapjacks 的做法

▽ 花园里的小松鼠

△ Jackie 自己的菜谱笔记，有 20 多年了

▽ 自己家里种的迷迭香

A　不会失败的点心——Flapjacks

上午烤好、晚上拿出来招待客人的，就是 Jackie 私房菜谱里最简单易做、绝不会失败的小点心 Flapjacks。Flapjacks 叫燕麦棒或者能量棒，是英国很常见的甜味小吃。

材　料　（For 12 Person）

- 4 盎司人造黄油
- 2 大匙糖浆
- 2 盎司棕糖
- 8 盎司麦片
- 各种干果

做　法

▹ 将黄油融化后倒入大碗，加糖浆和棕糖混合均匀。倒入麦片、纯燕麦或者混合麦片。

根据喜好加入干果，Jackie 放了南瓜子、葵花籽、几种不同的葡萄干和蔓越莓干。

▹ 所有原料混合之后，放进铺有烘焙纸的烤盘压平。

▹ 烤箱预热 180℃，烤制 20 分钟，端出，趁热切成小块，留在烤盘中稍微冷却后再拿出来分盘享用。

B　晚餐主菜——原味烤三文鱼

Jackie 的生活很简单，饮食也清淡。老公 John 会迁就她的口味，夫妇俩大部分时间吃素，偶尔烹制鱼鲜。晚餐前一小时开始准备食材，蔬菜洗净备用。

材　料　（For 2 Person）

- 无骨三文鱼排 220 克
- 土豆 2 个
- 西红柿 2 颗
- 豆角 100 克
- 芦笋 100 克
- 调味材料：橄榄油、黄油、牛奶、海盐、黑胡椒粉、柠檬汁、迷迭香、百里香

做　法

▹ 在烤盘上铺锡箔纸，上面放鱼排，撒上少许黑胡椒粉、海盐调味，挤一点儿柠檬汁去腥，再加一小块黄油，让鱼肉更滋润，且能最大限度地保持鱼的原味。盖上锡箔纸。

▹ 西红柿一切两半，剖面向上放在烤盘里。淋上几滴橄榄油，再撒上盐、黑胡椒粉、迷迭香、百里香。和鱼一起放进烤箱，150℃，15 分钟即可。

▹ 土豆煮熟，以可以扎透为准。去皮稍微捣碎，加入少许牛奶、黄油、盐、黑胡椒粉搅拌。豆角和芦笋上锅蒸熟。摆盘。

C　晚餐甜品——酸甜美味的李子酱

与前面所提到的橘子果酱一样美味的，是Jackie做的李子酱。因为材料易得，做起来也不复杂，它便成了一种日常美味。

材　料　（For 2 Person）　∞ ∞ ∞

- 李子 200 克
- 砂糖 50 克
- 希腊酸奶 200 克
- 杏仁片　大把
- 蜂蜜酌量

做　法　∞ ∞ ∞

- 李子洗净切成四瓣加砂糖在锅中熬煮，直到李子变软，果汁变稠。
- 平底锅开小火将杏仁片焙至微黄。
- 将热乎乎的李子酱盛到小碗里，把刚从冰箱里拿出来的希腊酸奶浇在上面。
- 怕酸的多淋些蜂蜜，再配上脆香的杏仁片，就是滋味口感都丰富的健康甜点。

End...

FOIL

II

Text & Photo / 等等深

秘鲁一人食：
布赖恩的简单生活

Brayan's Easy Life in Peru

秘鲁的美食文化已经流传了几千年，主要包含山地和沿海两大菜系，山地菜系以牛羊肉和土豆玉米为主，沿海菜系以海鲜和鸡肉为主。

布赖恩（Brayan）今年 23 岁，是秘鲁人，有着典型的秘鲁印欧混血长相。他的父亲是西班牙白人后裔，母亲则是美洲印第安印加人的后代。他的家乡是安第斯山脉上的历史名城阿班凯，离库斯科古城不远。他会讲印加人的语言克丘亚语，16 岁时曾在山区的矿坑里工作过 4 个月，之后觉得读书才能改变命运，于是独自迁到首都利马，努力学习考上了大学。

目前他就读的国立圣马尔科斯大学是秘鲁最好的大学，也是整个美洲最古老的大学，始建于 1551 年。这里是勤奋好学生的天堂，不仅免学费，还提供出国深造的机会。布赖恩和大部分秘鲁年轻人一样，成年后就靠勤工俭学的方式读大学，他的梦想是拿着国家奖学金去欧美国家学习物理学。

上午10点，布赖恩走出家门，打算去秘鲁首都利马的海滨城区 Miraflores（米拉弗洛雷斯区），见见朋友，也顺便买点儿日常需要的东西。

每天早上走过街角的报刊亭，布赖恩总会停下来看看当天的头条。布赖恩喜欢观察国情和政治走向，当他看到关于“藤森主义”和“管理土地不当”的新闻时，很无奈地叹了口气。

藤森是秘鲁1990—2000年的总统，日裔。他带领秘鲁走出军阀的统治，开创了国家经济飞速发展的局面，是秘鲁当代最有影响力的总统。然而，2000年，他因为受贿丑闻而引咎辞职，流亡日本。2006年，他被引渡回秘鲁，接受了25年的徒刑。以他的高龄，这可能就是终身监禁了。

布赖恩小时候的梦想是当总统。不过自从痴迷物理学之后，他决定还是当一名物理学家，并一直为此努力。

△ 街角的报刊亭

△ 早餐粥

△△ 面包夹红薯

同往常一样，经过一家早餐摊时，布赖恩买了一杯藜麦粥和一个面包夹红薯，这是他的早餐。这种早餐摊是秘鲁的一大特色，早上 5 点钟开始营业，到上午 11 点左右结束。摊上的瓶瓶罐罐中装着各种味道的早餐粥，其中最有秘鲁特点的便数 Quinoa（藜麦）和 Maca（玛卡）了。

藜麦原产于南美洲安第斯山区，是印加土著居民的传统食物，具有丰富的营养价值，古代印加人称之为“粮食之母”。近代藜麦曾作为宇航员的食物被带入太空，又称“太空米”。

玛卡更是赫赫有名，它本来是秘鲁安第斯山区海拔 4000 米以上的高原上的一种植物的根，古代印加人称之为“神赐的礼物”，因为它不仅可以做食物，还是抗疲劳和提高免疫力的绝佳营养品。

秘鲁人很少生病，而且体型健壮，肥胖率远低于欧美国家，甚至跟邻近的巴西等南美国家的人相比也“苗条”几分，这或许与秘鲁人长期食用藜麦等五谷杂粮的习惯分不开。

早餐摊的旁边就是油条摊和流动小卖部，布赖恩另外花 1 索尔（约合人民币 2 元）买了一包花生做零食。据联合国统计，秘鲁仍有 20% 的人处在贫困线以下，很多人以从事流动商贩的工作来养家糊口。即便如此，这仍是个快乐的国家，幸福指数颇高，这或许与拉美人“做一天和尚撞一天钟”的“乐观”心态有关。

旁边还有水果摊。秘鲁的水果是出了名的香甜，大多数水果来自安第斯山区的谷地，高原气候昼夜温差大，所以水果糖分多。秘鲁的水果物美价廉，4 元人民币就能买到 1 千克新鲜的大葡萄。此外，还有龙珠果、百香果，以及仙人掌果这种南美洲热带独有的水果。

在去海滨城区 Miraflores 的公交车上，一个秘鲁姑娘坐在了我们的前方，她后颈处文着自己的中文名字。

在拉丁美洲期间，我多次被各国的人问如何用汉字书写他们的名字，他们希望能做成文身铭记。在秘鲁，中国文化和“汉语热”由来已久，整个南美洲中最早有中国移民的国家便是秘鲁。1849 年就有第一批中国移民抵达，比其他南美国家早了 100 多年，中国文化对秘鲁的影响也远远高于对其他南美国家的影响。藤森在位十年，这位日裔首相还被民众称为“Chino”（中国人），是因为秘鲁人不区分东亚人，统称为中国人（毫无贬义）。藤森首相也很乐意接受这个称号，可见秘鲁人对亚裔移民的欢迎程度。

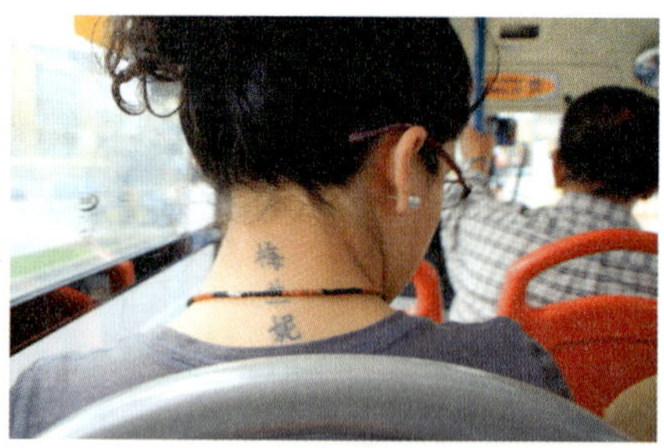

▵ 秘鲁的水果

▵▵ 后颈处文着汉字的女子

△ 秘鲁的公交车

下了公交车之后，布赖恩先到了周日流动市集，这里出售有机蔬菜水果、五谷杂粮、蜂蜜等农产品，每家店铺都有自己的品牌。这样的流动市集在整个拉丁美洲都很常见，走进去转一圈，光看销售的商品，就能了解这个国家的饮食风俗。每周会有一到两天市集，可能在工作日，也可能在周末，商贩们在城市的街道旁架起天棚，摆上摊位，就可以出售农产品了。

◁ 印第安食品

△ 一种叫“羽扇豆”的印加食物

布赖恩有每天早上喝一杯蜂蜜水的习惯，而这个市集，是他所知的利马城里出售质量最好的蜂蜜的地方。在询问和品尝了不同种类的蜂蜜后，他挑选了一种混合型蜂蜜。25 索尔（约合人民币 54 元）1 千克，布赖恩买了两瓶。

在走过街角的时候，布赖恩看见一个印第安老太太正在出售印第安食品。老太太正在用袋子装一种叫“羽扇豆”的印加食物。布赖恩本是在安第斯山脉印加文化中长大的孩子，为了在首都求学，他已经 5 年没回过家乡。或许是这种食物让他想起了家乡吧，他没有任何犹豫就买了一袋。

紧邻着流动集市的是秘鲁美食大观园，每周日这里都会举办这个美食大观园，为游人呈现各种秘鲁传统食物。秘鲁的美食文化已经流传了几千年，主要包含山地和沿海两大菜系，山地菜系以牛羊肉和土豆玉米为主，沿海菜系以海鲜和鸡肉为主。用料考究，色香味俱全。难怪秘鲁曾胜过中国和法国等国家获得了“全球最佳美食旅游目的地”的称号呢。

转了一上午，已经到了吃午饭的时候，不过布赖恩觉得这样的美食大观园偏游客性质，价格也偏高，还是决定换到普通的市民餐馆去吃午餐。

△ 4 种级别（6、7、8、9 索尔）的午餐套餐

△△ 布赖恩点的鸡肉饭和汤

▷ 陪朋友在海边聊天的布赖恩

布赖恩在一条巷子里找到一家普通餐厅，已经将近下午 2 点了，生意还是那么好，等了好一会儿才有座位。这家餐馆出售 4 种级别（6、7、8、9 索尔）的午餐套餐，囊括了各种肉和配菜。

他选了汤作为前菜，鸡肉饭作为主菜（6 索尔，约合人民币 13 元）。喝汤之前，把一些新鲜柠檬汁挤进汤里，这样既丰富了汤味，也补充了维生素 C。秘鲁人不用醋，酸味都来自于柠檬。

下午 4 点，布赖恩走去海滨与他的外国朋友见面。利马是拉丁美洲陆地国家中唯一一个真正面临大洋的首都城市。海边正在举办滑翔伞运动，头顶上飘着五颜六色的滑翔伞。

他们一起去看不远处公园里的乐队演出，到的时候，演出已经开始了大半个小时。海边的城区经常有音乐演出或者美术展览这样的文化活动，大多是免费的。在 Miraflores Culture Center（米拉弗洛雷斯文化中心）可以要到介绍每周详细活动的宣传单。布赖恩喜欢参加音乐活动，这支新乐队他也是第一次听说。

乐队很卖力地演出，欢快的曲调引起了台下听众的共鸣，大家都随着节拍跳起了舞。

演出结束后，布赖恩陪着朋友在海边聊天。天色渐渐暗了下来，日落碧海，与日薄西山的景象有着迥然不同的味道。

天黑之后，气温下降了几度。告别朋友后，布赖恩从包里取出长袖衫套上。

车站旁的市场里还有没关门的蔬菜店，他去买了两袋做汤的蔬菜包。秘鲁人晚上喜欢自己做蔬菜汤喝，避免大鱼大肉，这也是秘鲁国民整体偏苗条的原因之一。每家蔬菜店都出售切好的“混搭”蔬菜包，每包一索尔，可以搭配南瓜块、胡萝卜丝、玉米粒、豌豆、蚕豆、紫甘蓝粒、豆角等多种蔬菜。这样就省去了切菜的麻烦。

布赖恩就喜欢这样简单省事的生活方式。

:

End...

Text & Photo / 纽约桃花

III

搬离纽约：

生活和厨房一起变开阔

A Larger Kitchen and a Better Life

从在纽约认识 Janet（珍妮特）和 Scott（斯科特）夫妇，一晃已经过去很多年了，他们也已经搬离了纽约，在马里兰州买了一座豪宅定居。

70后的Scott毕业于纽约大学商学院，原来在纽约华尔街一家著名的大公司做Trader（交易商），每年年薪加分红过百万美金。80后的Janet是房地产经纪人，拿到执照后只卖过两所房子，其他大部分时间都花在两个儿子身上。我们刚认识的时候，他们的两个孩子刚上托儿所，而今两个男孩子已经是中学生了。

后来，美国金融危机席卷全球，很多金融公司纷纷倒闭，Scott所在的公司也因此解散，他失去了原来百万年薪的工作。虽然他后来一直在各种商务小公司里面做高管，但钱挣得都不多，最终，Scott对纽约昂贵的生活彻底失去了兴趣。他卖掉了原来在纽约近郊的公寓，带着老婆、孩子们搬到了马里兰州——他母亲生活的地方。Scott说他宁愿在马里兰州做鸡头也不愿意在纽约做牛尾了，因为纽约的金融圈充满了贪婪和腐败，在那里找不到一份对人的精神和内心成长有益的工作。

搬离纽约对Janet来说则完全不同。她在纽约的近郊Yonkers（扬克斯，纽约州东南部城市）土生土长，算是典型的纽约人，因此对于搬离纽约这件事情一直无法接受，他们夫妻的关系一度因为这个改变而变得紧张。但好在她与Scott感情深厚，加上她是虔诚的基督徒，因此，她开始慢慢接受马里兰州宁静平和的生活，一颗骚动的纽约心也逐渐被安逸的生活所磨平。最近，Janet把住在纽约的母亲也接到了马里兰州与他们一同居住。

我一直对Janet和Scott充满情感上的敬佩，他们两人都是基督徒，非常诚实厚道。搬离纽约其实对他们一家人都是个严峻的考验。Scott彻底离开了华尔街紧张刺激的生活，再也无法挣到大钱，而Janet也不得不离开熟悉的环境和亲朋好友，在马里兰州重新开始，他们的两个宝贝儿子也离开了纽约以“多种族熔炉”著称的公立学校，来到马里兰州的一个种族比较单一的非裔学校。这些对这个在纽约生活多年的家庭来说，从心理到情感都是一个不小的磨炼。好在Janet和Scott经历了各种方面的落差之后，重新找到了各自生活的位置。现在，Janet已经成为一名开心的瑜伽教练，每天在家附近的健身俱乐部里教授瑜伽，而Scott重新回到了学校，学习后勤金融管理。他希望毕业后可以重新开一家金融管理公司，专为大公司提供后勤金融管理的咨询。

最让Janet和Scott一家人开心的是，搬离了纽约狭小的公寓，来到马里兰州的大房子里居住，生活空间陡然增加了几倍，厨房也变得巨大。住房的变化让Scott从一个从来不会做饭的华尔街精英变成了能做一手好饭的美食专家。对于一直讲究生活方式的Scott来说，美食从来都是他最热衷的事情。不同的是，以前他们对美食的追求是在纽约这个美食天堂的各种高级餐馆里，而现在Scott则是尝试自己制作各种各样的美食。几年下来，Scott的手艺越发精湛，制作的美食也开始花样翻新。几年前，我初次来马里兰州看望他们一家人的时候，Scott刚刚买了一个绿色的鸡蛋形状的巨型烤炉，专门烧烤各种肉食。现在，Scott已经成为“大绿蛋”的掌柜，从烤鸡翅到烤汉堡和热狗，他的手艺都是一流的。

第一次看到“大绿蛋”的时候，这个造型独特的烤炉让我眼前一亮。等吃到用它烤出来的鸡翅的时候，我简直可以用惊掉下巴来形容。用它烧烤出来的肉食鲜嫩不说，还饱含肉汁。Scott 向我介绍说，“大绿蛋”与一般的烤炉不同，它采用蒸锅的原理，全面密封。一旦点火受热，“大绿蛋”特有的热流技术使其所散发的热度均匀同等，让被烧烤的肉类每一个角度都会均匀受热。与一般使用煤气的高级烤炉不同的是，“大绿蛋”使用的能源是天然木炭，并兼具熏、烤、烧几项功能，使得烤出来的食物鲜嫩欲滴，充满天然木炭的清香。

我探望他们一家的那天，Scott 除了烧烤肉食之外，还亲手制作了传自于他外祖母的土豆泥和自创的 Coleslaw（卷心菜沙拉）。卷心菜沙拉是北美的一道传统凉菜，在肯德基快餐店也有出售，但是一般快餐店卖的卷心菜沙拉里面都因放了很多假奶油而显得味道廉价。Scott 制作的卷心菜沙拉则更像一道沙拉，菜多、奶油少，味道鲜。

△ “大绿蛋”

△△ Scott 在用“大绿蛋”烤肉

△ 法式红酒烩鸡

△△ 红酒烩鸡饭

我边吃边坐下来与 Scott 谈美食经，他忽然说：“你知道我为什么热衷于制作美食吗？”坐在餐桌一边的 Janet 微笑不语。Scott 说：“因为 Janet 喜欢用 iPhone 拍美食照，所以就激发了我制作各种不同的美食让她拍照的想法。”

我看了看 Scott，又看了看 Janet，内心充满了感动。这对夫妻一直给人相亲相爱的感觉，Scott 制作美食的初衷不过是为了满足喜欢拍美食照的老婆的爱好，谁听了不感动？

不过，Janet 最喜欢的一道名菜还是 Scott 亲手制作的经典法国名菜 Coq au vin。Coq au vin 是著名的法式红酒烩鸡，佐料是法式勃艮第红酒、洋葱和蘑菇等新鲜食材。提到这道菜，就不得不提及法国著名作家吉尔伯特·塞斯布朗的名言：法国的象征曾经是 Coq（公鸡），而今天则是 Coq au vin（红酒烩鸡）。这道菜还有一个典故：恺撒大帝征服法国高卢时期，高卢阿维尔尼部落首领为了表示对罗马人的蔑视，给恺撒送去了一只象征着高卢人骁勇的标志——公鸡，而恺撒回请这位部落首领晚宴，晚宴上的菜肴就是用红酒煮熟的公鸡。

Scott 做的这道红酒烩鸡采取的是法国贵族烧法，用色彩鲜艳的珍珠洋葱代替普通的洋葱，在品相上已经征服了喜欢颜色和视觉冲击的我。同时，他还采用了法国勃艮第红酒来烹饪，赋予了这道菜全新的生命。

Janet 说，红酒烩鸡有着不同的做法，而 Scott 做的红酒烩鸡则是她生平最喜欢的一道法国名菜。我当然明白，对于她而言，这里面灌注了 Scott 的爱，味道自然不同凡响。

对一般人来说，有一个完美的家庭、一所装潢典雅的豪宅，夫妻之间彼此相爱，已经是梦中所愿，而对 Janet 和 Scott 来说，这并不是生命的全部。他们两个人酷爱旅游，希望有一天孩子们上大学之后，他们可以周游世界，尝遍天下美食。但是 Scott 说现在经济上还不具备条件。好在，他们两人都是基督徒，懂得水满则溢的道理，很多时候，得到就是福分，能够彼此拥有一份真情已经是幸福。

因为爱，Janet 跟随 Scott 搬到马里兰州，也是因为爱，Scott 成为美食制作高手，更是因为爱，两个人有勇气重新开始各自的事业和生活，也许这就是上帝给予他们的特殊福分。

End...

PART TWO

所幸，我们升起了炉火

受访者：Sylvie【西尔维】

背景：法国，亚眠，审计师

食物：苹果蛋糕

产地：法国

记者：麻晓娟

法国：西尔维的苹果蛋糕

France：Sylvie's Apple Cake

A ×

30年前，我和我的老公搬到了现在的房子。当时这里空空如也，我们开始一点一点修葺我们的房子和花园。那个时候我们还没有钱，家具都是一点一点添置的，每年增添几样家具，就这样，我们的家和花园渐渐地有模有样了。我非常喜欢吃酸甜清脆的苹果，于是我的爱人在搬家的第一年就买回了一棵黄苹果树苗，我们把它种在花园里。它每年都会长大一点儿，苹果也一年比一年结得多。每年秋天，苹果成熟后我和家人就会采摘树上的苹果。现在，基本每

年都会收获满满两大箩筐苹果。这两大筐苹果足够我们从初秋一直享用到圣诞节后。

苹果蛋糕是非常简单易做又好吃的甜点，我反反复复做这个蛋糕已经 30 年了，都没有做腻。天气好的时候，我们全家会把餐桌搬到花园里，在苹果树下用餐；万圣节的时候我会把巧克力蛋藏在苹果树的一角，让孩子们去寻找；我的儿子经常会在苹果树周围逗爬到树上的 Billy（Billy 是我家的猫咪）。

下面是苹果蛋糕的做法，希望你学会后也能为家人做一做：

食 材 ∞∞∞

- 苹果 5~7 个
- 面粉
- 黄油
- 糖
- 鸡蛋
- 酵母

做 法 ∞∞∞

▹ 首先要做苹果蛋糕的托盘，将面粉、糖、黄油、鸡蛋和酵母按既定的比例和好在一起，然后用擀面杖将其擀成一个饼状放在盛蛋糕的盘子中。盘子底部也要均匀地涂抹一层黄油。

▹ 将苹果削皮切块碾成苹果泥，将苹果泥均匀地铺在之前擀好的面饼上，然后再将剩余的苹果切成均匀的薄片铺在苹果泥上面。

▹ 入烤箱烤制半个小时左右，美味的苹果蛋糕就可以出炉了。

End...

Switzerland：Ice Cream Café

瑞士：咖啡屋里的冰激凌

受访者：Rachel【瑞秋】

背景：瑞士，卢塞恩

食物：冰激凌

产地：瑞士 Alpineum Kaffeehaus 咖啡屋

记者：麻晓娟

我从2014年开始在Alpineum Kaffeehaus工作，我们的咖啡屋坐落在故乡小镇非常有名的景点附近，所以我们非常有幸，能够经常接待来自世界各地的游客。虽然只开业了两年，但是我们一直拥有恒定的品质及不断创新的理念。比如这个周六，我们将承办一个叫“INVICTIS PAX”（无条件的和平）的小型音乐节。去年这个活动聚集了三百多人享受美食和音乐，今年我们希望能有更多的人来参加。

2014年的夏天我们开设了一个冰激凌窗口。为了寻找最

美味的冰激凌，我们店里的两个年轻伙计和厨师走访了在意大利博洛尼亚的“冰激凌大学”，并掌握了制作美味意大利冰激凌的要领。我们从意大利购买了机器和设备，所有的这一切都是为了能制作出最原汁原味的意大利口味冰激凌。我们有六种不同口味的冰激凌，例如为素食主义者准备的草莓、芒果和香蕉口味以及瑞士本土产的香浓牛奶榛果口味、Fior di Latte（拿铁芝士）和瑞士巧克力口味。

而对于我自己而言，最钟爱的冰激凌口味莫过于芒果和拿铁芝士口味。香甜可口又爽滑的冰激凌放置在美味酥脆的锥形华夫饼上，当芒果的绵软和芝士的浑厚在舌尖碰撞时，是最美味的享受了！对于许多顾客不喜欢吃的香蕉口味冰激凌，我敢在这里保证，如果你有机会品尝它，那将是让你终身流连忘返的味道。

End...

Austria : Grandma's Love Makes Food Speckled With Memories

奥地利：奶奶的爱让食物洒满回忆

受访者：Martin【马丁】

背景：奥地利，学生

食物：烤猪肉、奶奶的土豆卷心菜小圆饼

产地：奥地利

记者：闵嵩

我最难忘的食物是奥地利的传统菜肴 Schweinebraten（烤猪肉）。这道菜的制作方法是把新鲜的带皮猪肉用各种香料腌制，放入烤箱烤两个小时。出炉的猪肉外脆里嫩，香气四溢。趁热将肉切片，配上 Kartoffelknoedel（土豆团子）和 Krautsalat（卷心菜沙拉），一盘佳肴便制作完成。

童年记忆里，慈祥的奶奶喜欢给我和弟弟做烤猪肉，美食上桌的那一瞬，猪肉就被一抢而空，而土豆跟卷心菜则

剩下很多。勤俭的奶奶觉得浪费，便把剩下的土豆和卷心菜放入绞肉机里打成泥，再搓成小圆饼的形状，然后裹上蛋液，撒上面包屑，放锅里微微一炸，一道特别的食物便诞生了。

通常来说，奥地利人习惯在晚餐时吃冷食，无论春夏秋冬。然而这种饼的出现，让我们的晚餐变得不一样了，每次放学回家，推开门后，闻到那股熟悉的香味，内心便开始澎湃，因为知道厨房里有奶奶做的蔬菜饼在等着我。我给这道食物起了个特别的名字，叫作 Omas Kartoffel Kraut Laibchen，意思是"奶奶的土豆卷心菜小圆饼"。

End...

India : Masala Chai

印度：香料奶茶

受访者：Razy Shah【瑞兹】

背景：出生于印度，在新加坡长大，Little India Directory 的发起人

食物：Masala Chai【香料奶茶】

产地：印度

记者：孙一帆

虽然我在两岁那年就被父母带来了新加坡，在这里生活、读书、工作，可在我的心底，始终对印度有一种挥之不去的感觉。我喜欢研究印度历史、宗教及饮食文化，为此我和朋友在新加坡创立了《Little India Directory》（小印度指南），将有关印度餐饮、娱乐及寺庙等内容整理成册，提供给在新加坡生活的人们。

在印度的饮食文化中，我最感兴趣的是茶文化。记得《三杯茶》的作者 Greg Mortenson（葛瑞格·摩顿森）在书中说过，

如果你和一个 Balti（印巴地区的一个少数民族）人第一次喝茶，那么你是一个陌生人；你第二次与他喝茶，那么你就是他礼遇的贵宾；倘若你第三次和他一起喝茶，那么他一定是把你视为家人了。可见茶在印度的文化中是多么重要。

我所提及的茶，是指普通奶茶和香料奶茶，而香料奶茶更为常见。在香料奶茶中，除了奶和茶叶，还会添加一些香料，包括小豆蔻、丁香和肉桂。小豆蔻可以帮助消化，丁香能够治疗咳嗽和感冒，而肉桂富含抗氧化剂，这就使得香料奶茶成为一种保健饮品。

每当我回到印度的老家，亲戚们都会用茶来款待我。在印度，客人是会被如神般尊敬并接待的，而茶就是最至高无上的礼遇。印度 80% 以上的婚姻都是父母包办的，女方第一次见男方家人时都要泡一壶茶，而男方的

家人常常以她的泡茶水平来评判她是否会成为一个合格的媳妇。

出于对印度茶文化的热爱，几个月前我和朋友在新加坡策划并组织了“Free Chai Day”（免费奶茶日）。我们邀请了社会各界人士参加了我们的茶会，向他们介绍印度茶的历史和香料奶茶的制作过程等。同时，很多印度餐馆都自愿加入了我们的宣传活动——那天下午，任何人都可以在那些印度餐馆里免费领取一杯香料奶茶。

如果你来到印度或新加坡，就去和陌生人喝一杯茶吧！你将遇见的人，也许会是伴随你一生的挚友，你将开始的闲聊，也许会改变你的人生轨迹，谁会知道呢？

End...

Guatemala：Kombucha

危地马拉：红茶菌

受访者：Shad Qudsi【沙德】

背景：生活在危地马拉 Atitlan 湖边的美国人，农场主

食物：Kombucha【红茶菌】

产地：在欧美盛行，其实起源于中国

记者：孙一帆

每当有人来我的农场参观的时候，我都会向他们介绍我们自己制作的红茶菌。它是我花了两年多的工夫研究出来的，也是农场发酵产品里的得意之作，几乎人见人爱，并且目前在欧美市场上非常流行。

其实红茶菌起源于中国，后传入苏联，再后来才在欧美盛行，但估计中国现在已经不流行这个了。红茶菌这种饮料喝起来酸酸甜甜，却有些怪异，有的人第一次饮用并不喜欢，但很快就会爱上这种味道。而且它的卡路里很低，很受女孩

儿们偏爱。

红茶菌因富含各种维生素，且含有很多对人体有益的微生物，譬如酵母菌和乳酸菌，所以对调节人体生理机能和新陈代谢有很大帮助，能治疗胃炎等多种慢性疾病。

我喜欢红茶菌的另外一个原因是，人人在家中都能够制作，人人离健康的生活方式都近在咫尺。制作红茶菌很简单，只要用红茶、白糖和水，按照比例调配，再加入 Scoby 菌种后发酵便可以了。

我很喜欢在自己的农场中做发酵产品，譬如酸奶、羊奶奶酪，我们甚至自己发酵制作咖啡和巧克力。很多人并不知道，在超市里买到的酸奶并没有想象中的那样有益身体健康，因为大多数酸奶都是在实验室里用最低成本、最快速的方式培养成的，里面含的有益菌种是非常有限的。而我们使用的有益菌种会有上百种，并且很多都是适应本地气候与环境的菌种，这与中医里所说的吃应季的、当地的蔬果对身体好是一个道理。

我经营这个农场已经四年多了，越来越对“种自己的食物”这个概念抱有信仰。我并不是科班出身的农民或农场主，我也是在美国的大城市长大，在名校读书，学习数学专业后进入咨询公司工作，但我小时候就喜欢在家里的花园里种植，长大后一直没有忘记回归田园生活的理想。

四年前，我搬来危地马拉，买下了这块地，开始了我的农场生活。那时我的妻子还要放弃她在美国的教师工作，搬来跟我一起生活。刚开始的时候很艰难，记得我们的婚房只是一间十平方米大的茅草屋。但我们很快乐，尤其是亲手种植健康的食物，与邻里社区分享，并有着保护脚下的这片土地和水源不再受到剧毒农药和化肥污染的快乐。最近一年，我开始在农场开设一些农场种植与自然生活的课程，已经开始收支平衡了。

关于未来，我还是愿意长久地留守在这块土地上，用最自然的方式种植蔬果，用最生态的方式饲养家畜，继续制作这些如红茶菌的发酵产品，把它们做成自己的品牌，并把这些技术和理念分享给更多的人。

End...

受访者：Huwaida Ishaaq【胡瓦达】

背景：文莱，公司职员

食物：Ambuyat【西米糕】

产地：文莱

记者：孙一帆

文莱：国菜 Ambuyat

Brunei : A National Dish

F

×

你是否听说过一种叫 Ambuyat 的食物？它是我小时候的噩梦，不过现在的我倒是很爱这种食物。Ambuyat 是文莱传统食物中最重要的一道，我们甚至称它为国菜。它像小孩子吃的糊状物，稠密而剔透，由开水和西米椰内部的高浓度植物淀粉混合而成。食用时，我们会佐上切成小块、可以一口吞下去的配菜，再蘸上本地水果（如榴莲、酸橘）制成的酱汁。这种食物在马来西亚的沙巴州和沙捞越州也很流行，那里的人把这种食物称作 Linut。

很小的时候，有一次过节，父母亲在家中宴客，我第一

次在餐桌上见到 Ambuyat，我的外婆指着桌上的 Ambuyat 要我尝试，并告诉我，吃的时候要一口吞咽下去。我完全忘记了外婆的叮嘱，如往常般舀了 Ambuyat 送进嘴里后就开始咀嚼。没想到那东西简直就像胶水一样，黏糊糊的，用牙齿咬也咬不断，嚼也嚼不动，味道也非常奇怪。我一口把它们吐进碗里，哭嚷着："天啊，这是什么啊？"家中的宾客笑个不停，外婆看着洋相百出的我，哭笑不得。从那之后，我二十年都没有再碰过 Ambuyat。

三年前我在家中接待一群来自欧洲的朋友，他们坚持要尝试一下文莱的国菜。"试试吧，拜托了，就跟我们一起尝试下嘛！亏你还是文莱人呢。"虽然我心中仍有儿时留下来的阴影，但看着朋友祈求的眼神，我还是决定陪他们一起去吃 Ambuyat。这一次我百般提醒自己：一定要全盘吞咽下去！我硬着头皮把 Ambuyat 含在嘴中，然后吞咽了下去。其实，味道还是不错的嘛！于是我又开始配着蔬菜和水果酱汁吃，越发觉得这道菜简直是美味十足。

现在 Ambuyat 已经成为我最喜欢的一道文莱菜，每当有外国朋友来拜访，我一定会带他们去吃。有时还会故意恶作剧一下，不告诉他们要全部吞咽，然后看着他们痛苦咀嚼的样子在一旁坏笑。

End...

受访者：Christian【克里斯坦】

背景：秘鲁，萨满，巫士

食物：Echinopsis pachanoi【一种仙人掌】

产地：南美的安第斯山脉，主要产于秘鲁

记者：孙一帆

秘鲁：萨满的灵性仙人掌

Peru : Shamanism and Echinopsis Pachanoi

G

我是一名萨满，我们家世代都是萨满。近代以来，秘鲁好的萨满巫士已经越来越少了。我原本是学工程的，也有一份工作，但是前些年我和弟弟都希望传承家中的萨满传统，于是双双辞掉工作回到家中。现在我们和母亲一起经营这个萨满仪式中心。

对我们而言，食物就是一切入口之物。我最希望与大家分享的，是萨满仪式里使用的也是我们自己栽培的 Echinopsis pachanoi。它是一种拥有神奇力量的仙人掌，是

一种食物，也是一种药物。我从小便与这种仙人掌打交道，了解它的特性，把它视为自己的老师，也亲眼见证了它给一些人带来的不可思议的力量。

不知你是否听说过一本叫作《巫士唐望的教诲》的书，是约翰·列侬最爱的书。作者是一个在美国读人类学博士的秘鲁人，书中记录了他在六十年代做人类学调查期间，向一位名叫唐望的巫士学习药草的过程，最终他还被这位巫士收为门徒。书中时常提及一种神奇的仙人掌，那种仙人掌与我们家种植的仙人掌同属一个科，但不完全相同。

Echinopsis pachanoi 在南美的安第斯山脉上生长，至今已经有两千多年的历史，在古代的拉丁美洲很常见，多用在祭天等宗教仪式中，也存在于百姓的生活里。即使是今天，这种仙人掌在民间也十分常见，在秘鲁很多城市的大市集上，常可以见到售卖这种仙人掌的本地人，这里的老百姓用它入药，而它也确实可以治好很多病。

这种仙人掌，生吃没有什么味道，我们也不会生吃。我们只使用仙人掌的皮，将它熬制十个小时，最后形成一种黏稠物，用在萨满仪式里。我们会在清晨仪式开始时，让参加的人向仙人掌的灵进行祷告，把它们视作老师，希望它们引领这次仪式的顺利。然后所有参加仪式的人喝下它们，仪式就开始了。一整天的时间，我们会带大家去山里徒步，进入森林，看日落，生篝火，因为只有在自然中你才能获得更多的智慧。

在仪式中，每个人都会得到不同的体验，增长不同的智慧，这与每个人的人生经历和做仪式前的发心有关。我们从来不会告诉大家你会体验到什么，生命的路是要自己走的，智慧是要自己获取的。很多人可能会感觉自己进入了其他纬度的空间，像电影《阿凡达》中那样；有的人会回到大宇宙的怀抱，感受到天人合一的状态。但我也不会告诉他们，那是真实还是幻觉，一切要靠自己去证悟。

从科学的角度讲，人的大脑细胞绝大多数都在沉睡状态，而这种仙人掌的某些成分则可以帮助你开启一些大脑细胞。所以如果你感受到平日里感受不到的，也不必诧异。这种植物并不会让人上瘾，上瘾也是精神的瘾，譬如你喜欢吃甜品，明天还想继续吃甜品，是同一个道理。

End...

受访者：Paula【宝拉】

背景：阿根廷，拉普拉塔，学生

食物：炭烤蚕蛹

产地：秘鲁，热带雨林区，伊基托斯

记者：等等深

秘鲁：十八岁成人礼，品尝南美洲炭烤蚕蛹

Peru : South American Grilled Larvae

H

这是我人生中第一次独自出国旅行——在秘鲁行走三个星期。我高中刚毕业，爸妈鼓励我出去见见世面，作为十八岁的成人礼。所以我选择了这个我从小就很向往的国家，因为那里有阿根廷没有的美洲印第安人文化。

秘鲁有很多奇怪的食物，但最令我震撼的是在伊基托斯的亚马逊河边市场上的蚕蛹烧烤。我第一次目睹了蚕蛹从活物到食物的整个过程：老板娘捉起一只只还在

蠕动的蚕蛹用木签穿上（每只都有拇指般粗壮，白白嫩嫩，非常柔软的样子），挤去体内的液体……小蚕蛹们拼命地蠕动挣扎，这个过程真是不忍直视啊！穿成一串后清洗一下，就放在炭火上烤，同时刷上油和盐，一直烤到吱吱作响变成金黄色为止。

最终，好奇心压倒了夹杂着同情、震惊、略微恶心的感觉，我闭着眼睛，内心颤抖着咬了下去，是空心的，如果不知道是蚕蛹，其实味道还是不错的。那滋味就像……鸡皮和煎蛋的结合体。

End...

尼泊尔：初恋滋味的手抓饭

Nepal : Dal Bhat, the Taste of First Love

受访者：Dipesh Adhikari【迪佩什】

背景：尼泊尔人在旧金山，出租车司机

食物：Dal Bhat【手抓饭】

产地：尼泊尔

记者：Kim.D

I

×

我二十岁的时候还在尼泊尔，在一个很小的饭馆打杂。那时候到店里来的基本都是本地人。

有一天中午，我忙完准备吃饭，是我们日常吃的那种Dal Bhat（Dal: 扁豆糊；Bhat：白饭）配上一些咖喱蔬菜，用手抓着吃。这时候进来了一个亚洲女孩儿，皮肤白白的，眼睛不大，一看就不是本地人。瘦小的她背着一个和她差不多一样高的背包，坐了下来。我赶忙起身去招呼。那时候我

还不会讲英语，似乎对方英语讲得也不好。比画了半天，她发现我桌子上正准备吃的 Dal Bhat，于是她表示想尝尝这个，我马上去端了一盘，放到她面前。我们都愣住了，Dal Bhat 是用手抓的，我们平时都不使用餐具，显然她不知道怎么下口。我只好示范起来，抓一点儿菜和扁豆糊放到米饭上，抓一抓送到嘴里。她看着我眯着眼睛笑起来。天呐，我那时候还是个毛头小子，被她一笑，脸都涨红了。她学着我有模有样地吃了起来。之后的几天，每到中午我就时不时地向外面张望，希望能看到她的身影，她也总是会出现。不忙的时候，我就坐下来和她一起吃饭，彼此也不知道说什么，沟通基本就靠比画，看着对方傻笑。再然后，她就再也没出现过，不知是回了自己的国家还是去了更远的地方。

来到旧金山六年了，我再也没吃到过家乡美味的 Dal Bhat，也再没看到过那么好看的笑容。

End...

肯尼亚：孤儿院里的Ugali

Kenya : Eating Ugali in an Orphanage

受访者：Jane Wanjiku Ruvaga【简】

背景：肯尼亚，内罗毕，未来希望【Future Hope Center】孤儿院院长

食物：Ugali【乌伽黎】

产地：东非

记者：孙一帆

Ugali是一种让我又爱又恨的食物。它是一种浓稠到结块的玉米糊，上桌的时候是大块的四四方方的砖型，质地厚实，香甜可口。

我之所以喜欢，是因为它是肯尼亚最常见的主食，是我们民族的传统食物，就像中国的米饭一样，可以搭配任何菜肴。我们喜欢把砖状的Ugali掰碎，泡进菜汁中，风味十足。

我之所以痛恨，是因为在我们“未来希望”孤儿院里，它是我们每日至少一顿的餐食，不是因为我们爱吃，而是因

为它是所有食物中最便宜的。其实 Ugali 的原料只有玉米，并不具备很多营养价值，但资金短缺的我们，只能每天都吃这种食物。而且我们吃 Ugali 的时候，并不能像城里人那样配上菜肉，我们只能配廉价的西红柿、土豆和豆子。日日如此，年年如此。

说起这家孤儿院，现在我是这里的主人。八年前，我还是一名老师，有一次，去探访本地一家孤儿院。有位男士匆匆忙忙送来两个女孩儿（一个一岁半，一个四岁），就转身离开了。院长叹了口气："四岁的孩子还能养养看，这一岁半的孩子，真的是养不了啊。"于是她就抱着一岁半的女孩儿向外走，来到一处贫民窟，把女孩儿搁在一个空棚子下，转身要走。我惊讶不已，院长无助地说："贫民窟里人多，谁要捡走就捡走吧。"我望着空棚子底下哇哇大哭的女孩儿，一把抱起来，告诉她："我来养。"

这就是我收养的第一个孤儿，取名叫希望，后来"未来希望"孤儿院这个名字就是根据她而来。自从我收养了希望，每逢街头邻居捡到被遗弃的孩子，就往我家里送，渐渐地，我连工作也辞掉了，全职照看这些孩子。几年的光景，

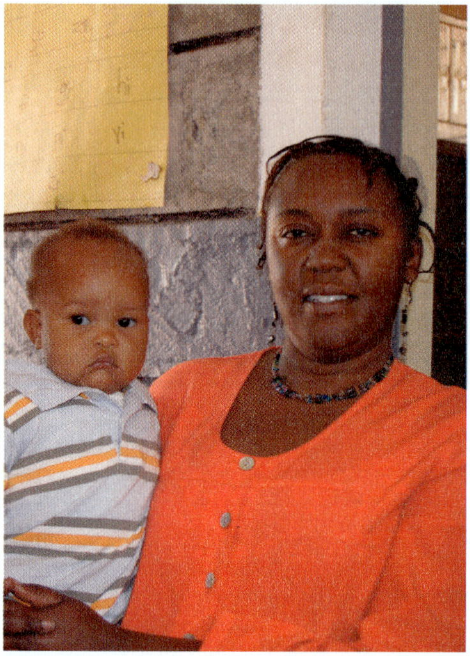

我逐渐变成了二十四个孩子的妈妈。这些年来，我们一直都是靠国外旅行者和义工的资助才得以存活，而我也不知道还能再坚持多久。

其实这里也并不算是孤儿院，因为有一些孩子是有父母的，只是父母将他们遗弃了。譬如那个六岁的、叫作天使的女孩儿，她的妈妈在十五岁时在街头遭到强暴，生下了她。那时出身贫寒的天使妈妈刚刚能够入学读书，实在无法为了养育她而辍学，于是不得不将她送来这里。前三年，天使妈妈从来没有来探望过她，三年后第一次来探望时，天使怎么都不肯认这个妈妈。

不过，孩子们似乎并不知道这些令我们大人伤感的事，他们丝毫没有悲伤的气质。他们有妈妈，那就是我。

End...

Mexico : Organic Peach Jam Mixed With Maya Herbs

墨西哥：混合玛雅草药的有机桃子果酱

受访者：Beti Flores【贝提】

背景：墨西哥南部的玛雅人，有机农场主

食物：混合玛雅草药的有机桃子果酱

产地：东非

记者：孙一帆

我和我的丈夫洛德在墨西哥南部经营一家有机农场。所有来农场参观或短期生活的人，总是对我们自产自销的桃子酱赞不绝口，离开农场的时候总会带走很多瓶。所以就说说我们的桃子果酱吧。

果酱是再寻常不过的食物，调味、开胃，功能很多。一般的果酱是以水果、糖和酸度调节剂作为原料的。而在超市里能买到的果酱，除了酸度调节剂，还有很多为保证口味和新鲜度而加入的添加剂，这些化学物质都会对人体

造成伤害。而我们自产的桃子果酱就不同。首先桃树是我们自己种的有机桃树，其次我们使用的原料中只有有机桃子、有机糖和有机柠檬，没有添加任何化学成分。

我们现在讲的“有机食物”，不过是我们祖辈的“食物”。这十多年来，世界变了，人们大量使用无异于毒药的农药，污染了水源和土壤。而有机食物不仅对身体好，从另一个角度来说更是在保护环境、尊重大地。

在我看来，进食的过程，就是将非你身体之物变成你身体的一部分。而你怎么可以不在乎进入你体内的是营养（积极能量）还是毒药（负面能量）呢？

除了在保证桃子果酱的原料是有机的之外，我还会根据客人需要，在果酱里增添一些有保健作用的玛雅草药。我是玛雅人的后代，从小外婆就教授我一些关于玛雅草药的知识。在这个农场里，我开辟了一块小小的地，种植了几十株玛雅传统草药。近代以来，在墨西哥，玛雅草药已经越来越不盛行了，大家

都转去使用西药。我很开心我能好好照顾这一片玛雅草药园，把这些传统传承下去。

除了经营农场，我还是个接生婆，使用玛雅传统和西医结合的方式为村子及其周边的产妇接生。去年这一年，我发现好几位产妇都患了癌症，这让我百思不得其解：癌症应是城市病，我们村子周边的空气好、水土净、饮食健康，怎么会有人患上癌症呢？调查之后我才发现，那几位妇女的丈夫都在做与农药化肥打交道的工作。这让我更加坚定地运营自己的有机农场，生产绿色无污染的蔬菜，绝不用农药去污染土地和水源。

End...

PART THREE

我们愿意去慢慢品味生活

01

中国

×

香港茶餐厅与下午茶，懂得生活中微小的快乐

China: Happiness is About

Enjoying the Simple Things in Life

Text & Photo / 刘文

▹▹ 鱼蛋面、牛腩面、猪手面、云吞面、紫菜四宝面，很容易就能从星期一吃到星期天，再换下一个轮回，都不会腻。那段寂寞的时间，也因此匆匆过去，我终于有时间静下心来做自己喜欢的事情，收拾记忆的残留片段，也写完了一本书。◃◃

▶ 茶餐厅的平凡与温情

我说不上来最喜欢的餐厅是哪家，但毫无疑问，最有感情的便是靠近我舞蹈教室名叫“牛记”的那家。每次上完课又排练到晚上九、十点钟，每个人都筋疲力尽、饥肠辘辘，但一听到有人招呼着问去不去牛记吃夜宵就立刻像打了鸡血一样。

每次总能召集一大票人，浩浩荡荡沿着小路走上山去，像是进行某种神秘的宗教仪式。

这家餐厅就像所有在港片或者TVB肥皂剧里出现的老式粤菜馆那样，坐落在距离闹市区中环不远的小道上，这条隐秘的小道因为隐藏了好几家老字号餐馆和新潮甜品店而在本地老饕里非常出名。餐厅不大，几张圆台，几张四人卡位，走进去的时候就能感受到人声鼎沸、喧嚣不已，而人满的时候，往往坐着就要摩肩接踵，想要“大张旗鼓”地啃鸡腿，要先跟前后左右的人都说一声“唔该”（粤语“劳驾”“打扰”“麻烦”之类的意思，类似英文的“Excuse me”）。当然，吃粤菜往往也图个热闹，品头论足必不可少，和邻座拉拉家常也是常有的事，所以吃这种毫不精致的粤式小菜必须是能够一起品尝美食的人的聚会，情侣档会显得格外突兀，要去十分钟路程之外那些挑高房梁、放小提琴音乐的餐厅才比较对路。

小店的装修毫不讲究，人多的时候要坐在那种世博会时人手一个的小圆塑料凳上面。四周大多是夜晚刚下班的建筑工人，或者刚刚处理完几百万的交易在中环下了班过来吃夜宵的白领。店里有一只狗、一只猫和一个婴儿，仅有的几张绒布面椅子上全是猫的毛，狗则比较矜持，不像婴儿动辄就拉开嗓子号哭。

我们去了很多次，老板也认得我们，会走过来悄悄在我们耳边说：“今天的糖水是你们最爱的南瓜西米露，在锅里给你们留着呢。”我们坐定，也不看餐牌，一个接一个叫唤开来。

“三色蒸水蛋！”

“脆皮煎肉饼！”

“咸蛋肉松四季豆！”

“琵琶豆腐！”

……

每个人都有自己的心头好，很快就凑成了一大桌丰盛佳肴。

上来的椒盐豆腐，外表并不见得规整美观，但喷香热辣的外表让人一看就食指大动，外皮炸得金黄灿烂，香脆而不油腻，一咬开，里面的豆腐柔软香滑，但如果急性子一口咬下，则免不了会被烫舌头。好几个外国人都吃过苦头，让我们想起“心急吃不了热豆腐”这句话里的中国智慧。看似是普普通通的家常菜，却有独特的调味，吃完齿颊留香，是自己家里怎么都模仿不来的。

玫瑰花皇太后鸡是很多女生的心头好，在这样的平民小店里点一道不到百元的菜，吃到嘴里却发现原来鸡肉真的是浸在玫瑰露里面腌渍出来的，并且熟得刚刚好，肉质本身的鲜甜多汁都被保留住，入口滑腻香嫩，鸡肉的肥膏在烹饪的过程中都被熬了出来，晶晶亮亮，分外诱人，然后再加上隐隐约约缠绕在

唇舌间的玫瑰香味，清清淡淡却萦绕不去，层层叠叠的，倒是让一道简单的菜变得富有层次。

香港物价高升，连“美心快餐”一年都加了几次价，这家餐厅还是坚持走价廉物美的路线。在家家户户都想要把龙虾、鲍鱼、鱼翅加进餐单里让家常便饭变成天价珍馐的时候，老板却重视那种从香港还是个物资贫乏的小渔村时流传下来的平易近人却别有一番讲究的味道。

食材虽然不精贵，却也是经过精心挑选的新鲜食材，菜肴虽然不是新潮的口味，却是难以在别处觅得的外婆的味道，让人想起小时候为了让你多吃一碗饭，母亲在你额头上摩挲的手。能让一捆苋菜或者一个鸡蛋也变得神奇美妙的魔法，是岁月的洗练和煮食人丝丝缕缕的温暖心意。

我跳舞的朋友中不乏月入百万的大老板，五六十岁，去过世界上各个角落，吃过所有五星酒店。别人每次请他吃饭，要么是日本什么什么等级的和牛，要么是西班牙哪里哪里的猪肉，要么是中国哪个山林里的虫草炖上燕窝鱼翅。喝的要么是顶级香槟，要么是尊贵茅台。出入有司机接送，上菜有小姐服侍。可是，他有一次却从连轴转的宴请上逃出来，和我们一起吃老板用鸡汤蒸出来的鸡蛋，吃得连碗边都刮得干干净净。

只是香港地产界霸权当道，租铺价格飞涨，这家老式粤菜馆的租金也涨了一倍。即使老板生意好到晚晚都满座，也依然无法承受。老板也想得开，他做了一辈子，有了一大帮老顾客，索性在关门大吉的那天大宴熟客，珍藏的老酒也拿出来给客人满上。我们都去凑热闹，平时不起眼的小店门庭若市，有人送花，有人拉着横幅，有人带来了名贵的海鲜和洋酒，我在熙熙攘攘的人群中还发现了不少著名影视演员。

我平时当然也喜欢吃法国菜、意大利菜、日本菜，但是一想到香港的美食，脑海里依然是清晨六点霭霭晨雾里一大锅煲着的骨头汤，和八点半去上班的时候，经过烧味店时从关着的铁门里面传来的烧鹅香气。

我住在西环，老城区没有什么高楼大厦、高档餐馆，但小巷子里的粤菜就很好，一条街上开着艇仔粥店、牛腩面店、鱼蛋粉店，街边的大口油锅里炸着煎酿三宝，老婆婆的推车上卖钵仔糕和鸡蛋仔，空气里弥漫着五花八门的香味，也别去想那些有的没的，三五成群也好，一人成行也好，大快朵颐之后回家睡大觉才是真谛。

因为没有成为旅游热区，这里免于连锁快餐店的侵蚀，街上的铺子都开了很久，掌勺的也都是老太太老爷爷。我一个人住，是穿花短裤和拖鞋的宅女，看书看碟到晚上十点，下楼去吃一碗面。老爷爷在侍弄一口大锅，水声咕嘟咕嘟地响着，满屋子都是氤氲的水蒸气。我一个人吃一大碗南乳猪手，这个是有男朋友的时候万万不敢点的菜，现在却大可以龇牙咧嘴地把骨头边上的精肉都给吃下去，然后再吮吮手指上沾满的酱汁。现在我可以花上漫长的时间，喝一杯冻柠茶，顺便读青山七惠的小说。老板和他的伙计就在我身后拖地、打扫、算账。偶尔有一个颤巍巍地拖一个小推车的老婆婆或者妆容都花了像是刚从夜店回来的女子走进来，挑一张隔得远远的桌子坐下，各自孤单地吃面。

鱼蛋面、牛腩面、猪手面、云吞面、紫菜四宝面，很容易就能从星期一吃到星期天，再换下一个轮回，都不会腻。那段寂寞的时间，也因此匆匆过去，我终于有时间静下心来做自己喜欢的事情，收拾记忆的残留片段，也写完了一本书。

有一家港式茶餐厅，每次去只是贪图它开到凌晨一点。去的次数多了，老板娘也知道我的喜好，会特意留一个卖得很好的瑞士汁鸡腿给我。我一走进去，老板娘就立刻迎出来。

“阿女，鸡腿在锅里给你留着呢。”

香港之所以被称为美食天堂，我想，更多是因为用平凡的食材煲起的温情脉脉的炖汤，流沙包咬开外皮的那一刻流淌在舌尖上的烫呼呼甜丝丝的奶黄酱汁和老式大锅熊熊火焰上滚滚汤水中煮着的弹牙又充满蛋香的竹升面。那些东西表面看不出奇，但它们却经由心血和时间才被盛到碗里，家家户户女主人的不同手艺不同偏好，还有不同菜市场早晨六点贩卖的不同食材，远比大型连锁饭店中央厨房里流水做出来的那一个个圆得规整的鱼丸虾丸有人情味。

我一直很敬重热爱并且善待食物的人，唯有懂得发掘生活中微小的快乐，才能不枉我们难得又短暂的生命。

中信藥業公司
YIU FAT SEAFOOD
蘇記肉食公司
蘭芳園
545 3473
東記麵家
粥粉麵飯·冷熱飲品
5459061
5416511
龍記飯店
Lung Kee Restaurant
茶
蘭芳園

出来喝杯下午茶

在香港的七年里当然发生了很多事情，比如男朋友和前女友一起出去玩，比如在公司遇到工作狂的经理每天都要工作到凌晨三点，比如自己写的文字得到了梦寐以求的发表机会，或者突然有机会和男神在舞台上共跳一曲浪漫的探戈。

每到这时，我都会挨个打电话给闺蜜："出来喝杯下午茶吧，有话要聊。"

香港的下午茶文化是女性的最爱，也是高贵典雅的英伦血统的留存。当年张爱玲写《倾城之恋》的浅水湾，白流苏和范柳原上演爱情故事的地方，如今成了一座典雅的酒店。开阳的设计，一张张精致的方桌放在高高的走廊里，走廊两旁是热带的绿色植物，再远处就是一望无际的大海。这里的咖啡喷香浓郁，水果味道的布丁带着夏天的清爽，华夫饼温热且松脆香甜，但更引人入胜的，却是那种高贵浪漫的氛围，连带着觉得自己都尊贵有身份起来。每次看完香港芭蕾的表演，也总会收到洲际酒店的优惠券，在看完了足尖上的精灵们翩翩起舞之后，去面朝大海、春暖花开的酒店大堂喝一杯伯爵红茶，吃一块 Scone（司康饼），听着不远处的乐师们奏响小提琴、弹起钢琴，颇有种穿越回十九世纪伦敦的感觉，那些人情世故、烦恼焦虑，好像一下就随着李斯特的乐章远去了。

下午茶的秘诀是千万不要带男生去，因为半岛酒店的熏鲑鱼三明治和葡萄

干 Scone 真的不是果腹之选，要打扮得漂漂亮亮，画美丽的眼影，搭配裙子和鞋子的颜色，再带上足够女孩子间讨论的八卦和见闻。

当在侍者为你拉开的椅子上坐下，由细心的侍者为你铺上餐巾，摆好餐具，乐队奏出的音符缓缓荡漾着，茶水透过滤网散发出像夏日午后的树荫般的阵阵清香，翘着小拇指加进牛奶或者柠檬汁，下午茶便可以正式上演了。

男女关系是永恒的话题。失恋的朋友必须要经由这个机会，将所有的不开心、委屈全部说出来。这一次失恋的经历就好像三国时期的刮骨疗毒，必须要让伤口打开，将脓汁挤出，才有机会慢慢愈合。周围聆听的人都是非常熟稔的闺蜜，会帮她痛骂负心郎，把他说到一文不值之后再扔在地上踩两脚，非要女伴明白，失去这么个 Loser 绝对不值得惋惜反而是件值得放鞭炮的大喜事。

若有姐妹刚刚谈恋爱，也要把闺蜜们约出来，一边往 Scone 上抹果酱和奶油，一边娓娓道来：

“哎呀，这个男人之前太花心，一个月换一个女朋友，我是真心担心自己Hold不住他。”

“我知道我不能爱上他，他和前女友还没断干净，但你知道，一见钟情，我现在每一分每一秒都在想他。”

“我实在太爱他了，爱到失去了自我，我一直在想我要做什么事说什么话才能令他高兴。”

以上的对话不是出自琼瑶的电视剧，而是在我生活中真实出现过的。哪怕再坚强的大女人也会遇到把她内心那个娇羞的小女孩呼唤出来的那个他，她脱下了层层盔甲拿着覆盆子挞或者松露巧克力娇羞地浅笑，我们便知道说什么都是无用，顶多在心里想等她被那个男人伤害了之后，再约她来这里吃一顿下午茶，要叫另外一种套餐，试试看出名的马卡龙。

多少当时看来了不得的事情，都在下午茶的芒果布丁和巧克力慕斯中，一点点被叙述、评判，然后释然和遗忘着。

既然要吃下午茶，就千万不要吝啬几十块钱，一定要找个安静优雅的地方。商场里当然也是不错的，可是人来人往，在众人的眼光下总觉得有些怪异，我心目中的圣地是1881 Heritage顶层的The parlour餐厅。这里原本是一座炮台，1884年香港政府在炮台遗址上兴建水警总部，之后曾想要将其修建为公园或者商业大厦，但最后却建成了今天我们所见到的古迹酒店，将维多利亚时代的建筑风格流传了下来。春天的时候去，能看到不少鲜花，庭院里阵阵凉风吹过，夕阳缓缓地斜照着，像极了勃朗特小说里的意境。

我一共去过The parlour三次，每一次，三层架上的甜点、咸点都不尽相同，但品质却一致地好。以大大一块烟熏三文鱼开始这一次的饕餮之旅实在是再合适不过了。肠仔酥外皮炸得金黄焦脆，内里的肉质却绵软可口，小小的正好一口吞下，回味无穷。一个小小的Quiche（法式咸派），鸡蛋和火腿味道浓郁绵长。

这里的松饼端上来的时候被罩在摆布下面，所以吃完咸点去吃的时候还是热烘烘的，让人想起总是下雨的伦敦。提子松饼本来就松软可口，富有黄油香气，充盈在口舌之间，再配上新鲜松软、口感细致、毫不油腻的奶油和酸甜可口的果酱，是非常传统的美味。

侍者们戴着白手套走来走去，安静斯文，却又及时为我们斟茶倒水。他们一个个都端庄挺拔，穿着白衬衫、白马甲，戴着领结，一丝不苟，像是书里面走出来的人物。被这么妥帖地服侍着，再沮丧的人也会察觉到世界上的温暖和关爱呢。

在香港，下午茶的意思早就超越了“吃”，而成为一种文化，一种女孩间温柔的关怀方式，以及一种即使被打倒也要保持微笑的优雅和体面。

:

End...

源威涼茶
廿四味
涼茶
鮮榨椰汁
源威涼茶
報稅
2770 8819
7X7
Sai On Lane
源威
國寶涼茶
五花去濕茶
祖傳感冒茶
椰子汁

02

埃塞俄比亚

×

食物的异域风情

Ethiopia: Food Style

Text & Photo / 洛艺嘉

▹▹ 英吉拉营养丰富，比大米、小麦、玉米所含的蛋白质和能量都要高。因为经过发酵，很容易消化，但吃多了会胃酸。我和很多人一样，刚开始吃这饼感觉不舒服，可是，慢慢却喜欢上了它。◃◃

埃塞俄比亚是非洲唯一一个没有被殖民过的国家，也是唯一一个把侵略者赶出去的国家。意大利、英国、埃及的军队曾对这里入侵多达四十多次。带我参观市场的埃塞俄比亚人骄傲地告诉我："店铺晚上是不用锁门的，因为我们这里没有小偷。"政府官员告诉我："埃塞俄比亚的贪污腐败比例比非洲任何其他国家都低。"

海尔·塞拉西一世皇帝（非洲很多国家的城市都有以他名字命名的大道）曾领导埃塞俄比亚人民抵御意大利侵略，在国内积极推动建立"非统"组织。1974 年，少壮派政变，把他推翻，从此开始了社会主义制度。1983—1985 年埃塞俄比亚面临大饥荒，一时间数十万人成为饿殍。英文歌曲《We Are the

World》、中文歌曲《明天会更好》都是为援助埃塞俄比亚难民而写的。

饥荒的后遗症延续至今。1995年起，埃塞俄比亚新政府开始实行私有化。埃塞俄比亚失业率高，即使在首都，也到处都有乞丐；在乡村，也可以看到一些盲人站在路边，以上帝的名义来乞讨。在首都亚的斯亚贝巴林荫路上，有专门为贫穷者准备的低价餐食。"用经济的价格买到代餐券，我觉得这种方式比在街上给孩子们钱更能令我接受。"这是很多西方人的观点，但穷人更喜欢收到更为实用的金钱。

埃塞俄比亚没有肯尼亚等国殖民者留下的先进基础设施、就业通道、物质享受，但他们身心一直都是自由的。他们没有被奴役的记忆，没有被贫苦压弯的脊背，没有被苦难生活异化的心灵；他们笑脸明媚、坦诚，在非洲人民普遍的热情里，堪称第一。

埃塞俄比亚是世界上最穷的国家之一，跟别的国家有太多的不同。

大街道有街名，小街道和胡同没有名字，住户也没有门牌号。这里每年有13个月，圣诞节是1月7日，新年是9月。跟我们用糖果逗孩子不同，他们用盐。而情人初次接吻，需互相把盐粒吐在对方的口中，表示俩人真诚相爱、情投意合。在埃塞俄比亚，主人通常要喂尊贵的客人吃饭，而且不是只象征性地喂，要一直喂饱为止。

他们招待贵客的食物，往往是生牛肉片。刚宰杀的牛肉，带着腾腾热气，虽然蘸辣椒等调料后味道是不错的，但我吃起来总是觉得别扭。这时候，你不能装假、象征性地吃，因为参与这事的，除了你，还有更热情的主人。而拒绝这种盛情，是不礼貌的行为。

每逢婚庆、节日，也是以吃这种牛肉的方式来庆祝。对于贫穷的埃塞俄比亚人来说，这种吃牛肉的方式算得上是饕餮大餐。埃塞俄比亚有专门的饭店和肉店出售这种可以生吃的新鲜牛肉，它们被挂在墙上。第一次路过这种店是在晚上，远远地看，还以为是谁的披肩。还有一次跟朋友去参加一个晚宴，见好几扇木板

靠在墙上，上面挂着好几块牛肉，招待人员用刀直接把肉割下来放到客人的盘子里，鲜血淋淋，感觉像回到了在西非宰牲节参观屠宰场的情景，怎么都觉得难以下咽。

生牛肉的吃法在当地一般有两种：一种是先切成豆腐大小的方块，然后再用小刀切成薄薄的小片，蘸辣椒面吃；另一种是将肉先捣碎，再拌佐料，同类似煎饼的 Injera（英吉拉）一起吃。

▶ “国饼”英吉拉

在埃塞俄比亚吃饭，你一定要吃英吉拉，它是埃塞俄比亚的“国饼”。不过一般人第一次吃，通常会感觉味道不是很美妙。

我第一次尝它是在皇冠酒店。椅子面前有个像粮仓一样的东西，蒙着白色镶花边的布。招待小姐把布掀去，一个餐桌就出现了，是用彩色芦苇编的，像个倒扣的大酒杯，更像是个花篮，对，就是花篮，叫花篮桌子。它在当地的语言中叫“Mesob”。

按招待小姐的推荐，点好菜后上来一个大盘子，正好是桌面那么大，一张几乎同样大的饼摊在盘子上，像鸡蛋饼那样松软，一面有小孔，中间有颗鸡蛋，几个鸡翅，四周有四卷同样卷起来的饼，小姐把各种酱、沙司放在上面。花篮桌子旁边放了张木桌，上来了一个四脚的小鼎样的炉子。炉子的中间放着炭火，炉子上面有鸡块，小姐把鸡块也放到饼上。这饼就叫英吉拉，是埃塞俄比亚人吃了三千年的美食。

英吉拉是主食，配菜有多种，当天点的是 Wot 和 Beg-tibs。前者是牛肉，炒的；后者是鸡，炖的，跟我们平时做的也没什么太大区别，就是味道浓郁一些。这小饼松软，却酸酸的。我吃了两口，把招待小姐叫过来：“这饼为什么这么酸呀？是不是面酸了？你们不知道用碱中和一下？”小姐看了我一会儿，说：“是厨师的汗。厨师出汗了，用手那么一抹，接着和面。”

想想这是非洲，很多人是直接用手抓饭吃的。厨师这么做，完全有可能。这么想着，就觉得有些恶心。越来越多的人在花篮桌子前坐下。有一半是白人。一个穿着白色衣裤、肩上斜挎着彩带的小伙子过来，一手拿着银壶，一手拿着银盆。盆由两部分组成，上面像盘子，盘子上有小孔；下面像圆壶。银壶出水，银盆洗手。后来得知，埃塞俄比亚人有愿意当别人面洗手的习惯。又有人送来热毛巾，还是觉得恶心，就不吃饼了，只吃上面放着的 Beg-tibs。却看那些白人，用饼卷着 Beg-tibs，吃得津津有味。

各国人想到的吃法其实都差不多，把各种面摊成饼，再卷各种东西做的馅，当然也有馅在外面的。

一直在乐队旁边煮咖啡的那个招待小姐站了起来，她穿着白色衣裙（当地的民族服装），夹起炭火让我左边那一排的客人闻，屋子里弥漫了咖啡的香味。

那排客人是屋子里吃得最香最热闹的，他们非常开朗。我望了他们几回，便有两人走到我这桌说：“小姐，看你一个人吃得闷闷不乐，要不要加入我们这里？”

我正想尝尝其他桌上的饼是不是也是酸的，便欣然同意。我撕下一小块饼，也是酸的。我悄悄把它放下，没有跟他们说，倒是想起一部法国小说：女主角从乡下到巴黎，她喝的第一瓶牛奶是酸的，她不知道那是坏的，她以为巴黎的牛奶都是这样的。

接着又上来了爆米花，爆米花被装在草编的盘子里。吃得差不多了，我身边的英国人都下去随歌舞团载歌载舞。我趁机溜到最角落的一张桌旁坐下。那些英国人离我近，所以饼也是酸的，我想再看看这桌。虽然对我为什么要尝他的饼感到颇为惊讶，但这个有些拘谨的德国青年还是非常客气：“你随便。”

我正想要不要把我的目的解释给德国青年时，叫我加入的两个英国人中的一个过来找我：“哦，小姐，你说我们开朗，我觉得你才是这里最开朗的。你一顿饭换了三个地方，我还真没有见过像你这么转场的。”

我把我的目的讲了出来。

有些木讷的德国青年笑了：“我昨天也问过同样的问题，这里的招待小姐，也是这么给我解释的。所以，我今天又来了。今天，厨师也出汗了，这东非高原气候凉爽，厨师为什么总这么爱出汗呢？”

“因为厨房里热呀。”英国人大笑。他笑够了，说：“这里的小姐是逗你们玩的。你们想想，厨师哪来那么多汗呢？”

我突然想起来，希尔顿酒店的自助早餐中其实就有这饼，只不过是切碎了，和牛肉炒在一起。吃了几天，一直不知道是什么，原来是这个。

我是做文字工作的，不能乱写误人，所以我又把招待小姐叫过来。美丽的她，笑坏了，便邀请我去她家亲眼看看这东西是如何做出来的。“你这里的厨房不能参观？”我问。“这里我说了不算。”姑娘说，“而且这东西要三四天时间才能做出来。”那么复杂？我一下子有了兴趣。

埃塞俄比亚的男人一般不干活，但我去Worku家这天，她哥哥积极地把Teff（苔麸）磨成面粉，Worku加水，把它和成糊状。黑人性子慢，Worku洗完手后半天没有动静，我等不及了，说："下面该做什么？"她起初没理解我的意思，说："你想干什么都可以。"我说："不是我，是苔麸。"她笑了："我的工作都完了，等它自己发酵就可以了。"

我大老远过来，就为了看个磨面、和面？我不甘心，告诉Worku等苔麸发酵好了再去看。可三天后，就只看到她把发酵好的面饼放在锅上烙，和我们烙饼一样。我看了半天，后来还真看出来特别的地方：他们不放油。

Worku的奶奶说，她小时候，乡下是用干牛粪做柴火，用文火慢慢烙。也有人在有盖子的平底陶罐里烘烤。"现代生活简单了，城里人还有用电饼铛的。"

长在东非高原的苔麸，也叫作画眉草，比小麦矮，茎秆细，籽粒比芝麻还小很多。每年七月雨季时播种，五个月后收获。它的淀粉含量高达99%，但含面筋少，不宜做成面包，通常做成这种大饼。

现代社会讲求高效和快捷，但埃塞俄比亚人对这种低产的苔麸却情有独钟，在他们眼里，什么也不如这个好吃。难怪它三千年来都是埃塞俄比亚的首推美食。

英吉拉营养丰富，比大米、小麦、玉米所含的蛋白质和能量都要高。因为经过发酵，很容易消化，但吃多了会胃酸。构成当地基础膳食的英吉拉自然也很便宜，在街上一张才两比尔（约合人民币八毛钱），女人一张就能吃饱，男人则差不多要两张。我和很多人一样，刚开始吃这饼感觉不舒服，可是，慢慢却喜欢上了它。

和这种主食相配的菜通常为Wot、Tibs。个别餐馆还有Yasa Wot，是把鱼肉捣碎配当地调料烹饪而成。素食者也可吃到纯蔬菜口味的Wot。除了一般游客常见的Wot、Tibs，配这种千年大饼的菜还有多种选择：Fetera Firfir、Dulet、Gored gored（当地产的菜）等。多以牛、羊、鸡肉为主，味道都很不错。就像我们的春饼，有在里面放粉条、豆腐干、土豆丝的，也有各自创新的新品。

Wot 在配料上主要加入了咖喱粉、辣椒等；Fetera Firfir 则加了奶油、辣椒及其他香料。埃塞俄比亚人对烤、焖、烩、炖等烹调方法制作的菜肴偏爱有加，喜欢辛辣味的调料，经常使用的调料有辣椒面、奶油、胡椒、糖等。

苔拉酒及其他

除了当地菜，意大利餐在埃塞俄比亚也很有影响力，著名的餐厅有希尔顿酒店的 Jacaranda 餐厅、喜来登酒店的 Stagioni 餐厅和独立餐厅 Top view。意大利风味也难免融入到当地菜中，比如叫 Mistor 的当地菜，上来是这样的：半盘意大利炒粉、半盘洋葱豆子炒饭，中间是炒牛肉、一个对半切开的鸡蛋。鸡蛋的蛋黄却不黄，而是发白，蛋黄比蛋白多。

埃塞俄比亚同别的国家相比实在是太不同了，人们在喝“塔吉”的时候不用酒杯，而是对嘴喝。酒瓶口小、颈长、肚大，不知是因为这习惯而设计的酒瓶，还是因为酒瓶而来的这习惯。和一般酒的辛辣不同，这酒也是酸的，是用蜜和一种叫杰苏的草酿成的。

埃塞俄比亚还有一种著名的酒叫 Tela（苔拉酒），酒色浑浊，上面还经常漂着黄色、黑色的渣滓，有些苦味，类似啤酒。这种酒是老百姓自家酿造，用当地的苔麸、大麦、小麦等发酵而成。谁家有这种酒，就在门口的杆子上挂个茶缸，以示屋里有这种酒。

以在岩石上雕刻出教堂而闻名世界的拉利贝拉，还出产 Sabatej（蜂蜜酒）。这种非常著名的酒是用蜂蜜和葡萄酒混合而成，颇受游客欢迎。为了提高蜂蜜酒的产量，现在已经兴建国家蜜蜂资源发展中心和博物馆，为当地养蜂人提供支持。

有“非洲屋脊”之称的埃塞俄比亚，面积超过110万平方千米，是非洲农作物种类最多的国家之一。主要粮食作物为苔麸，其次有大麦、小麦、高粱和玉米。埃塞俄比亚的农业用地面积约为12.4万平方千米，以小农耕作为主。按说，该是物产丰美，可是这里每年的一月到五月，干旱少雨，土地只能“休息”，又由于水土流失严重等问题，很多中国人把这种地方称为“鸟不拉屎的地方”。

这里的蔬菜种类很少，叶菜类基本只有生菜和卷心菜，且价格昂贵。当地人常吃的就是西红柿、土豆、洋葱，他们还喜欢吃烤玉米、烤奶芋。

中国人到哪里都喜欢种菜，有个李姓的中国人，在埃塞俄比亚种菜挣了2000万。当地的小店里能吃到油炸碎菜角，很好吃，也便宜，每份相当于人民币三块多。非洲人很喜欢吃油炸食品，埃塞俄比亚经常能见到炸面包：把面包片裹上蛋糊油炸。埃塞俄比亚的水果也比较单一，常见的有木瓜、香蕉、芒果、橙子、油梨。只要11块钱，就能喝到一大杯美味的果汁。他们喜欢喝混合的果汁。

非洲人很喜欢喝碳酸饮料，埃塞俄比亚也不例外。碳酸饮料也有很多创新，比如芬达，有草莓、柠檬、橙子、菠萝等多种口味。街头瓶装的，折合人民币两元多。

说起咖啡，很多人会想到哥伦比亚，我曾经也以为那是咖啡的故乡。后来走到非洲，才知道咖啡的故乡其实是埃塞俄比亚。公元900年左右，埃塞俄比亚咖法地区一位牧羊人发现，羊群在吃过一种果实后，活蹦乱跳，然后人也开始尝试吃这种果实，吃后觉得很兴奋，这种果实才开始大面积种植。咖法的读音也演变成后来的咖啡。今天，埃塞俄比亚人的生活也离不开咖啡。一杯咖啡相当于人民币两三元。他们的咖啡都是用传统的方式慢慢煮出来的，咖啡小姐也穿传统的带花边的白棉长裙。埃塞俄比亚有不少咖啡店。很多咖啡不是用纸、玻璃包装，而是装在布袋里，光闻着就很香。比较特别的是Limu，这是埃塞俄比亚最好的水洗咖啡之一，产量和耶加雪啡一样稀少。

如果到当地人家做客，主人都会亲手给客人煮咖啡。喝前，要先将半杯咖啡泼到地上，那是敬献给房屋之神的。埃塞俄比亚最成功的咖啡连锁店是

Kaldis Coffee，盛传是埃塞俄比亚第一富豪家的情妇开的。世界咖啡原产地埃塞俄比亚的咖啡产量现在居非洲第二位。

每年的 9 月 27 日，是埃塞俄比亚人的“马斯卡尔节”。这天，几乎家家户户都要杀鸡宰羊，出嫁的女儿要回娘家。他们孝敬双亲的卷心菜、干酪虽不如我们送的高档，却是那么情真意切。

:

End...

03

土 耳 其

×

享受甜蜜味道
是虔诚的标志

Turkey: Savoring the
Sweetness is a Sign of Piety

Text & Photo / 郑枫

▹▹ 其实，我也不是一个热爱甜食的人，但不知为何，在土耳其，对甜食却有着一点点的迷恋，是因为它们的绚烂吗？抑或是因为它们毫不婉约、毅然决然的甜？ ◃◃

耗时许久，当我们终于找到那家可环视伊斯坦布尔蓝色清真寺全景的顶楼餐厅时，已经是下午两点多。上午九点吃的早餐已经消耗殆尽，此时的饥肠辘辘自不必说，对食物的渴望，犹如斋月里禁食的人，正热切地等待着斋戒结束的笛声响起。而这一顿餐，也拉开了我们在土耳其的一场流动宴席。

土耳其作家帕慕克在他的书《伊斯坦布尔：一座城市的记忆》里这样写道：

Shiny
DHL

这一天，晴天，多云，但并不妨碍远处的马尔马拉海泛着银蓝色的光。伊城这一带的景象在这个位置尽收眼底：蓝色清真寺、圣索菲亚大教堂、老皇宫、水宫……如果你懂伊城，那么你定能一一辨认出来。这些古老建筑，如同电影场景般，被置放在海天之间，恍如虚无，又宛如梦境。而我们，飘在半空中，几乎随手可触这个大梦。

在这样一个蓝色的大梦里，虚拟的笛声终于响起，上菜啦！这是一顿非常传统又正宗的土耳其菜。

大盘的肉菜和沙拉自不必细说，我想说的是 Meze（梅泽），也就是前菜的意思。我们要了一个小套餐，一共有六小碟，有各种不知名的酱、炖肉、腌菜——有点儿像韩国料理里的餐前小菜，但在土耳其菜里，它们是用来配着面包吃的。梅泽的种类非常多，一般有土耳其奶酪、腌橄榄、腌红柿子椒、茄泥、土豆泥、蕨菜、芸豆、小章鱼和虾仁等。还有一些不知道是用何原料做成的，吃着吃着，竟能吃出一股神秘主义的味道。正宗的土耳其餐就是从梅泽开始的，但这浩大的声势，总让我觉得吃完梅泽和面包就可以起身走人了……

我的祖母、父亲、伯父、姑妈们，他们一天也没斋戒过，但在斋月期间，他们就跟禁食的人一样在饥饿中等待日落。冬日的夜来得早，祖母跟她的朋友们玩牌时，斋戒结束即是大吃一顿的借口……一年当中，这些老妇人每个月都一边玩牌一边接连不断地吃着东西，但斋月期间，日落将近时，她们停止大啖，垂涎欲滴地盯着附近的一张餐桌，桌上摆满各种果酱、奶酪、橄榄、肉饼和蒜头腊肠；当广播传出笛声，表示斋戒即将结束，她们便如饥似渴地注视餐桌，仿佛她们和占全国人口百分之九十五的普通回教徒一样，从黎明开始就没吃过东西。她们彼此问道："还有多久？"听见炮响，她们等厨子贝吉尔在厨房里吃过东西，然后她们也朝食物扑过去。至今，每当听见笛声，我仍会流口水。

帕慕克在他的《纯真博物馆》中写到一种酒——Raki（拉克酒），所以，我执意要了一杯——请原谅，"到土耳其必谈帕慕克"这事实在矫情，但我必须承认，帕慕克几乎是我认识土耳其的唯一入口。因为宗教信仰的原因，土耳

其的餐馆里面，并非都有酒卖，所以，当服务生说他们有拉克时，我心里还是有一点点窃喜。

拉克是一种会变魔法的酒，它是由葡萄和大茴香酿制而成的烈酒，因其度数过高，许多人会兑上水稀释之后再喝。而兑水的过程，就是变魔法的过程：水一进入透明的酒中，就会像一股烟雾炸开，而酒瞬间就会变成乳白色，土耳其人因此给了它一个霸气的外号：狮子奶。

这种酒其实在整个欧洲都很流行。多年前，我曾经在希腊喝过，但无法接受那股怪异的茴香味。多年后的今天，我想时过境迁，兴许我的味蕾可以接受它了吧？结果，当那杯乳白色的酒再次出现在我面前，我抿下一小口时，那股强烈的怪味还是将我拒之门外了。

▶ 那毅然决然的甜

Hafiz Mustafa 是一家有着 150 多年历史的老店，几经转手，却依然保留着传统的土耳其范儿——蓝白交织的伊兹尼克瓷砖，古朴的木桌椅，再搭上五颜六色的彩瓷餐具，还有那超过 50 种口味、色彩缤纷的软糖和甜点，几乎排满了整个橱窗。即使你并不爱好甜食，看着这些，也会心动。我们就是在一个华灯初上的傍晚，无意中路过，便被它们吸引，并给它们取名为“大甜甜”，因为，它们着实好甜好甜，不是小小的甜，是巨大的甜，不爱甜食的人，只能吃一口。

其实，我也不是一个热爱甜食的人，但不知为何，在土耳其，对甜食却有着一点点的迷恋，是因为它们的绚烂吗？抑或是因为它们毫不婉约、毅然决然的甜吗？还是因为内心对甜蜜的渴望？我不知道，但这并不重要，享受那一口的甜蜜足矣，不需要任何理由。

而在此吃过的另外两餐，草莓布丁和焗奶酪，尽管它们腻到我的胃都在抗议，我仍享受其中。

在番红花小城的街边小餐馆里，我吃到了一款最爱的土耳其甜品——米布丁，是用米浆、牛奶、鸡蛋做成的，再洒点肉桂粉，吃起来会有一股顺滑的米香味糅合着奶香味，轻轻地进入胃中，如同吃下一个亲吻。

在番红花小城的另一家餐馆里，当我们吃完土耳其另一种著名的美食 Pide（一种烤饼，类似比萨）之后，餐馆的服务生热情地说：“请允许我送给你们一点小小的美食，你们必须试试！”他端来的，就是一块“大甜甜”，他们是有多热爱甜食呀，并把它当成礼物送给客人。而我们却无论如何都吃不完了，只好愧疚地剩下，离去。

土耳其的甜食们，我自作主张把它们分为两类：一是上面提到的各种布丁、甜品；二是软糖们。我特别喜欢软糖的英文名字“Turkish delight”，也就是“土耳其欢乐”，它的名字确实和五彩缤纷的软糖们很匹配。据说 19 世纪时，软糖刚传到大不列颠王国便迅速火了起来，而英国佬们嫌软糖的原名“Lokum（土耳其语：撑满嘴巴）”太拗口，就直接给它起了“土耳其欢乐”这个名字。如今的土耳其人也愉快地接受了这一说法，满大街的糖果店都写满了耀眼的“Turkish delight”，这股“欢乐”从糖果店里出来，跟随着来自四方的旅人，“旅行”到了世界各地人们的心里……

《古兰经》里有句著名经文：“享受甜蜜的味道是虔诚的一个标志。”

▶ 魔幻主义的味道

在帕慕克的书中，酒这东西似乎唾手可得，但那也只是在部分人家中，在公共场所，不是每一间餐馆都有酒，不是每一家超市都卖酒。虽说我并非酒鬼，但在享受美味时，加上一点点酒，哪怕一小杯啤酒，也可以增添一点小情调。以至于后来到了 Cappadocia（卡帕多西亚地区），随便就能买到酒时，我们竟然有些小激动了。

伴着在土耳其买到的第一瓶啤酒，我们愉快地吃着这个地区的一道著名美食——Comlek Kebabi（瓦罐炆肉）。这道菜的原料很普通，牛肉或羊肉搭配大蒜西红柿，放进一个上下两节组成的橄榄状的瓦罐里，然后在烤炉中慢慢炆。特别之处在于，端上桌时，服务生要用刀敲去上半部的瓦罐帽子才能食用，像是一个简单有趣且吸引眼球的小魔法，在服务生敲的那一瞬间，让人心里不禁会有小希冀：到底，会敲出什么东西来呢？

在卡帕多西亚地区的几天里，不管吃什么，不管好吃与否，对我来说，几乎都带着一股魔幻主义的味道，因为，我们正身处在一片神奇的地带啊！

卡帕多西亚，本身就是一个"魔幻"的代名词。时光魔法师在这里永不停歇地雕琢、塑造着这片土地。据说，300万年前，这里火山爆发，过后，火山灰和玄武岩覆盖了这一片土地，几百万年过去，时光魔法师以此为原材料，左右着风和雨，创造出了一大片极具神秘感的魔幻世界。那些奇特的精灵烟囱、大大小小的岩石鸽子房，还有形状各异的岩洞，无论如何，都不像是地球之物。这里有很多岩洞旅馆、岩洞餐厅，我们就是在一家岩洞餐厅里，吃下了那罐小魔法敲出来的牛肉。

在这里，我们还遇到了一个土耳其土著老嬉皮，声称自己有过1000多个女友，有过5段婚姻，大约20多个孩子。他在当地开了一家餐厅，据说是最受本地人欢迎的餐厅。在他的餐厅里，我们确实吃到了最土著的一餐美食。

这个老嬉皮，我们遇见他是在格雷梅小城（属于卡帕多西亚地区）的制高点，一处山崖上，也是城里著名的日落观看点。那会儿，我和朋友们各自拿着一瓶啤酒，坐等落日，而老嬉皮则从山脚下运来了好些小树苗，独自一棵一棵地栽种，他想让这块光秃秃的山崖翠绿起来。

帕慕克说："美景之美，在其忧伤。"

:

End...

ANAK
CMLEK YA

04

蒙古

×

乌兰巴托肉谱，快乐的基因和纯粹的食物

Ulna Bator: Happy Genes and Pure Foods

Text & Photo / 周上

▹▹ 乌兰巴托的美食虽说称不上世界先进水平，但是它却饱含着草原人民对于自然的理解，对于生活的态度——随遇而安、淳朴简单。◃◃

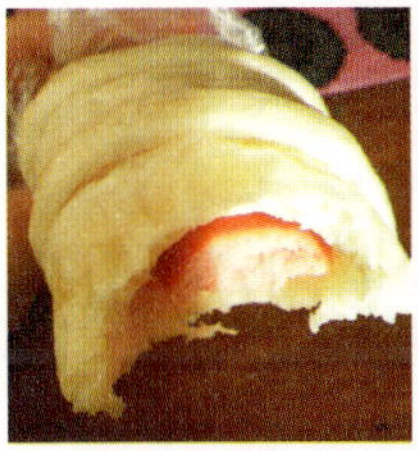

在乌兰巴托，即便是主食也未曾离开过肉……羊肉大葱馅的包子是我在这里吃过的最好吃的包子。蒙古的羊肉十分纯正，和大葱搭配在一起，香而不腻，同时又减少了大葱的辛辣味道。而除羊肉之外，不得不说的是骆驼肉馅的包子。蒙古人喜欢用骆驼肉做馅，包成小包子，供人食用。骆驼肉馅看起来是布满血丝的，味道很腥，但只要你有勇气，也可以尝一尝。蒙古国是一个盛产骆驼的国度，走进乌兰巴托的特产商店，里面除了皮革羊绒制品外，还有很多的驼绒制品，比如驼绒袜子、马甲、护腰、护膝、棉被等保暖用品。冬天的时候，走在乌兰巴托的街头，这些驼绒保暖品也随处可见。

国内的花卷在蒙古国被叫作“馒头”，我在学校的食堂里每天都点一种“馒头”。花卷的造型，里面夹着一根牛肉或者羊肉的火腿肠。在蒙古国，几乎是买不到猪肉火腿肠的，而是以牛羊肉火腿为主，有些可以辨别有无肥肉。不过说起肥肉，蒙古人是不会太过在意的。在市场的肉铺上，卖肉是不分部位统一价格的。按照现在的汇率来看，这里的牛羊肉约合人民币 15 元一斤，没有注水，没喂饲料。

还有一种主食，叫“火烧”。同中国的火烧不同，这里的火烧薄薄的面皮里面夹着厚厚的牛肉馅，放在锅里油炸一下，香气四溢。轻轻一咬，肉馅里的油就会流淌出来，沾满了手。这种馅饼并不是圆形的，也不是做好后切成两半的，而是做之前就捏成半圆形，以便于食用。

▷ 顺着气味去寻找传统蒙古餐

走在乌兰巴托的街头，如果你一心想要吃到传统的蒙古餐，便可以顺着气味沿路搜寻。传统的蒙古餐馆时常都会飘出一股浓烈的膻味，所以判断一家餐厅是否适合你的胃口，走进去先闻闻味道，问问你的嗅觉就知道了。

到蒙古国之前，我一直觉得传统的蒙古餐应该是那种烤全羊、手撕牛羊肉之类的。可实际上，这些做法在蒙古餐里并不多见，取而代之的是俄式做法的汤和饭。蒙古人喜欢喝一种类似于被我们称为苏伯汤的东西，将牛肉、土豆、胡萝卜、洋葱放在一起煮制而成，微辣微甜。汤里的原材料全部切成小块，吃口菜，喝口汤，营养丰富而均衡。蒙古人一顿饭可能不会吃很多很饱，但是摄入的营养足以长成健硕的体格。

除了俄式汤，蒙古国的饭菜也是俄式做法的西餐。一般，蒙古人喜欢点一份鸡肉饭或者牛羊肉饭外加一杯奶茶。比较常见的有鸡腿饭、牛肉丸子饭、炒羊肉饭，它们长得有些像中餐里面的盖浇饭。淡淡的咸奶茶，配合仅有淡淡调料味的食材，食物本来的味道便呼之欲出。膻味浓重的牛羊肉，上面浇好了浓郁的汤汁，让人觉得亲切随和，配合着米饭和少许沙拉，拿起刀叉，享受着草原的生灵们赐予的独特美味，这才是蒙古人民享用美食的节奏。至于那些传说中的大口喝酒、大口吃肉，用手撕、用牙咬的场面怕是早已不复存在了。保留食物的原有味道，少调料，少加工，坚持原生态的美食，这才是当下蒙古城市中美食的特点。

▷ Mongolian Barbeque（蒙古烧烤）

我去过一家蒙古的自助餐厅叫 Mongolian Barbeque（蒙古烧烤），位于乌兰巴托的市中心附近，听起来有些高大上的感觉，顾客也多是美国、俄罗斯之类的外国人。这里的食材多是蔬菜和肉类，看起来和国内没什么差异，有趣的是它的吃法。因为这里不仅食材是自助的，就连调料都是自己搭配的。客人要在选完生的食材以后，自己挑选搭配的调料，有各种油的、甜的、酸的、辣的以及叫不出名字的调料。配好调料以后，将食材和调料一起交给厨师，厨师就会现场为你制作了。总之，没有什么法则，也没有人指导，真正做到了依据个人口味适量添加。所以，做出来的菜如果味道不好，可怪不着别人。当然，这种吃法也会吃出各种千奇百怪的味道来。

总的来说，乌兰巴托的美食虽说称不上世界先进水平，但是它却饱含着草原人民对于自然的理解，对于生活的态度——随遇而安、淳朴简单。因为他们从不会刻意向自然索要什么，也不会抱怨什么，他们有快乐的基因，以及简单纯粹的食物。

End...

05

危地马拉

×

散落在人间的玛雅食物

Guatemala: Ancient Maya Food

Text & Photo / 周能

▹▹ 每一座城都有让人想去探求的历史与文化，而每一段历史与文化都如独特的 DNA 一般浓缩在这座城市的砖瓦与食物之上。◃◃

一部关于地球毁灭的灾难大片《2012》在震惊了全球的同时也让玛雅文明惊艳了世人。危地马拉——玛雅文化的中心“Corazón de Maya”，正是承载这一古老文明之地。然而，如今灿烂的玛雅文明的突然消失成为世间难解的谜，我们只能从现有的残留的历史痕迹中寻找。古老的玛雅文明消失了，然而玛雅人依旧遵循着古老的传统与我们生活在同一片蓝天下；现今危地马拉 43% 的人口是玛雅人的后裔，他们穿着色彩斑斓的服饰，说着神秘的玛雅语，吃着古老的玛雅菜肴。走进危地马拉古老之城 Antigua（安提瓜），如果你在这里询问“特色玛雅食物是什么”，你会得到一样的答案：“Pipián”。Pipián，翻译过来的话，

就是羊肉炖鸡。现在除了古老的吃法，Pipián 已经有了新的“变体”，如牛肉炖鸡、单独的鸡肉或者牛肉。但无论何种肉类，Pipián 的精髓在于汤汁。汤汁的制作需要羊肉，或者老母鸡，加上西红柿、胡萝卜、紫皮洋葱末、黑芝麻粉和辣椒粉，加上一两味当地特有的香料熬制而成。浓香中透露着神秘的味道，羊肉入口即化，老母鸡肉在浓汁下回味无穷。

危地马拉的当地人热情好客，如果他们邀请你去家里做客，那必然会准备一份地道的 Pipián。如果为人妻为人母的当地人不能在亲朋好友到来时烹饪一份浓香的 Pipián，那她的受欢迎程度将会大大地降低。而一道 Pipián 的完成，需要三个多小时的时间。除了 Pipián，当然少不了佐以他们喜爱的玉米饼、甜玉米，还有散发着薄荷清香的“Tamalito”。通常，他们也会准备一份当地特有的用大米制成的饮料“Horchata”，抿上一口，满嘴牛奶般的香甜。

现今随着各种文化的融合，玛雅美食也逐渐融入了其他国家的特色，如上主菜前来一份特色前餐拼盘：将当地郁香的鳄梨、甘甜的黑豆泥、脆脆的炸猪皮和小米玉米饼做成西方的餐前菜；有时主菜旁会配上一小团米饭。这些都让玛雅美食更加丰富多彩。

坐在安提瓜古老的倚街餐馆里，品尝着古老的玛雅美食，不远处白云环绕的火山仿佛将我带入了那神奇的文明之中。

End...

2013
Coca-Cola

116

06

泰 国

×

酸辣甜咸间的平衡

Thailand: How to Balance the Flavors

Text & Photo / 任紫玉

▹▹ 那个法国男孩儿，他横着切一会儿，竖过来又切一会儿，眼神很专注，鼻尖上却已沁出了汗珠。◃◃

我第一次在泰国餐厅打开泰英对照的菜单时，泰文是一只只游动的蝌蚪，英文部分好像也没有存在的意义，看到 Tom Yam Kung 和 Pad Thai，除了想起 iPad，我不能想象这是一种什么食物，用什么原材料烹饪，是酸辣甜咸哪种味道。看到服务生端上来的一盘食物，吃过后，也不能辨认出墨绿色的叶子、乳白色的汤汁以及闻起来有柠檬香气的碎屑是什么，以至于第一次在泰国点菜变成了看图乱指。

说起泰国味道，柠檬草、柠檬叶、咖喱、辣椒、罗勒、鱼露都是必不可少的调味料。如果有“舌尖上的泰国”，我想这几样一定位列调味品的榜首。“泰语中的‘美味’一词，意思是指在酸辣甜咸中取得平衡。”May（梅）如是说。皮肤黝黑、身材姣好的 May 是我们今天的泰餐老师。这是一次特别的体验，我和几个来自不同国家的同学一起在泰北的农庄跟着老师学做泰国菜，学习一天的泰国餐饮礼仪。

一大早，我们就先到菜市场去买菜。

在泰国人的饮食中，有一样东西是必不可少的，那就是大米。在泰国的菜市场中，大米的摊位前一字排开大约二十来个米袋，有普通的白米、糯米和香米，颜色从米色、乳白到深棕色。其中最有名的是带有淡淡茉莉花清香的茉莉香米，

这种米米粒细长、颗颗晶莹剔透，据说平均长度不少于七毫米、平均宽度不少于二毫米才称得上是合格的茉莉香米。菜场里的摊主并不觉得我们这些好奇的人有些奇怪，热情地推荐着他们的蔬菜，像芹菜般细长的柠檬草、搓一搓叶子就能闻到浓郁味道的柠檬叶，以及有三个不同品种的罗勒……嘴里说着我其实听不懂的泰英混合语。泰国人之间的传统问候方式，也是问一句“吃了吗”，如果答案是没吃，就会把对方邀请到自己家里饱餐一顿或者来些点心，由此可见泰国人是十分友好且爱好美食的。

餐厅遍布满街，街头小吃也处处可见。May 说，泰国人可以吃一整天。懂得品尝咖喱是懂得泰国人的捷径之一，自己动手做咖喱就像我国北方人自己腌酸菜、做大酱，南方人自己风干腊肉、灌制香肠一般看似麻烦却不可或缺。

制作咖喱这算是力气活。

首先将磨碎的干胡椒、香菜根和小茴香籽放在石臼中，捣碎捣烂，再把新鲜的青辣椒，烤过的香菜籽，切碎的蒜、青葱、柠檬草、高良姜、姜黄和去皮的青柠檬一起放进石臼中继续捣，最后放入虾酱。要把所有的原材料捣至光滑浓稠的绿色咖喱酱，新鲜的绿咖喱就算做好了。

我们每组有四个人轮流来捣，还依旧有些胳膊酸痛。和我同组的老爷爷Pauli（泡利）来自芬兰，他做起咖喱比我们更认真，还做了数页笔记。泰国饮食对西方人来说更具神秘感，大抵是因为有很多香料和草药运用于其中，如香茅、罗望子都会用在泰式的药膏、SPA精油中，对舒缓身体、祛热、缓解头痛都有很好的效果。用新鲜的绿咖喱酱烹制鸡肉是一道经典菜。我在清迈吃过很地道的绿咖喱鸡，里面加入了椰奶、柠檬草等调料，同时涵盖酸辣甜咸这四种味道。通过May，我了解到柠檬、鱼露等调味品的加入是为协调几种味道的平衡，像是动态图，你拉我扯，最后达到平衡，既咸鲜热辣，又微酸爽口，天气再热也能让人食指大动。

去餐厅点餐，冬阴功和泰式炒面总是居于推荐榜的榜首，这二位即是Tom Yam Kung和Pad Thai，和iPad没有一点关系。千万别觉得这是太俗的选择而不屑一顾，这是名副其实的民间“国菜”。在泰国，半夜馋了，随手翻出来的方便面都是冬阴功口味的。“冬阴”意为酸辣，“功”为虾，这道汤其实便是酸辣虾汤。May说冬阴功汤食材讲究，养生效果显著，所以，在泰国这道汤会始终伴你左右，也会在日后成为记忆中念念不忘的味道。对于同样来自美食大国的我来讲，冬阴功的做法并不复杂，只是要学会用舌头分辨并平衡各种香料的

味道和用量。同组的法国男孩儿和芬兰老爷爷 Pauli 在这道汤的制作上也表现出色。另一道“国菜”泰式炒面，看似简单，却难倒了那个法国男孩儿。炸豆腐丁、炒蒜末、加入细米粉都没有遇到障碍，当老师让加些水的时候，看似简单的步骤让法国男孩儿丈二和尚摸不着头脑，尽管他“偷看”了我的做法，还是多加了半碗多水，直到最后加入鸡蛋等继续翻炒，都没把汁水收干。他的炒面变成了汤泡面。由此可见，西方人对于“炒”的概念并不算熟稔。对中国人来说，就算都是炒面，泰式炒面与中式炒面也有很大的不同，中式炒面会在烹制时加入蔬菜一起翻炒，泰式炒面是在出锅以后再加入生韭菜叶、生豆芽、花生碎和柠檬汁。他们更喜欢放入生的蔬菜，用炒面的热气让蔬菜既拥有温度，又保持新鲜蔬菜原本的味道和水分。中国人更喜欢吃熟食，看起来只是一前一后的区别，实则是我们对于饮食文化在不同的天气条件、不同的信仰下，千百年来形成的不同的传承方式。

这堂课学习过后，我也试着用泰国人的味蕾品尝这些最热门的街头小吃。再次在清迈最有名的周末夜市吃到的泰式炒面正是如此。炒面的大姐把材料混合炒好盛出来，放在垫了生菜叶的盘子上，上面洒满新鲜的豆芽，还附赠一碗红红的酸辣酱。高山流水，知音难逢，如我这样的异乡人对这道小吃中

的种种心思如今却是懂得了，对老板报以微笑，希望回报她那颗认真烹制的心。说到那个法国男孩儿，学做青木瓜沙拉和牛肉沙拉就不能不提。青木瓜沙拉是泰国本国人和外国人都非常热爱的一道凉拌菜，将泰国本地产的青木瓜切成丝，鱼露、柠檬汁、红葱、大蒜、辣椒、小番茄、虾米一起放进木臼里捣碎、拌上。看着清淡，吃起来会辣到舌头没有知觉。如果摊主或者餐厅服务员告诉你可以做得不辣，请一定不要相信，因为辣与不辣都是用同一个臼来搅拌。我就是相信了那个和蔼的大姐，于是辣到连喝了两瓶水还未能缓解，也或许这种程度对泰国人来说根本不算辣。

牛肉沙拉的主材料是牛肉，May 把我们需要的牛肉已准备好，我们要做的是将牛肉切丝。我自然可以很熟练地运用菜刀和木头菜墩，这和我国的家常切菜没什么区别。那个法国男孩儿，他横着切一会儿，竖过来又切一会儿，眼神很专注，鼻尖上却已沁出了汗珠。大概用了我切三块牛肉的时间，他切好了他的牛肉丝，或者说叫条、块更加确切。但他赢得了我们的热情捧场，大家一起把彼此的牛肉沙拉吃了个精光，一边用汉语、英语、法语表示很好吃。越是不擅长的东西，就要越认真地去做，完成了就算是过关升级，可以获得挑战下一关的入场券，这是我在学做泰国菜以外学到的东西。

泰国美食多种多样，课堂当中所学毕竟有限，泰国人还很擅长素食的做法、药草的运用以及对新鲜水果的处理。我在泰国的超市中看到有红、绿马萨曼以及娘惹咖喱酱、椰奶，酸味酱汁也可以轻松买到，不再需要亲自用罗望子的果实泡水去籽现吃现做。这就像拍照时的全自动挡和全手动挡，“全自动”也可能会拍出好照片，但懂得“全手动”才会懂如何在光影间找到最佳的结合点。自己动手制作各种酱汁、烹饪泰式菜肴，就好比“全手动”，帮助我懂得如何在酸辣甜咸中找到最佳的平衡和泰国人心目中的“美味”。

End...

07

越南

×

在离总理府
最近的地方吃米粉

Vietnam: Nation of Pho

Text & Photo / 韩伟

▹▹ 对于国人来说，河内远没有杜拉斯的西贡那么知名，但在《Lonely Planet》（《孤独星球》）的黄色圣经《东南亚》中，河内却赫然被列为推荐城市的第二名，仅次于曼谷。◃◃

实际上，河内是一个终日充斥交通噪音的城市，据说互按喇叭是一些成年男子打招呼的方式。这是一个轰隆隆的摩托车城市，人人都不能离开摩托车，以至于观光客对于此地的公共交通时常感到不便和绝望。虽身为越南首都，但放眼望去，四处却都是破败陈旧的建筑和蜘蛛网一样挂满天空、毫无规划的各种线路。街上的汽车和交通灯都很少，只有潮水一般的摩托车，处处都显得无序、杂乱且衰败。

河内的大部分街景，更像是中国境内一个小商品贸易特别发达的县城小镇，繁华一点的街道上则是世界名品专卖店。对很多旅客、行者来说，这里没有浓烈的殖民色彩，也没有特别文艺清新的小情调，但只要你对“吃”充满向往，这里还是很美好的。

越南的饮食虽深受中国菜和法国菜的影响，却很有南洋特色。越南菜虽然看上去普遍较为清淡而精致，但口味上却多是酸甜再加上些许辣的。猪肉、牛肉、鸡肉和各种海鲜是这里的主要食材，鸭肉和羊肉比较少见。他们在烹调时添加蔬菜的比例也很高，很注重食材的清爽原味，烹饪手法也多用蒸、煮、烧烤、凉拌等方式。

越南米粉是这里最常见也是最出名的庶民料理。它是那种看起来很寡淡，但吃起来却层次分明的汤粉。有时候甚至不需要任何调料，只要一碗清汤米粉，加上豆芽和九层塔，挤上几滴柠檬汁，就足以让人流连忘返。

越南米粉的口味分很多种，但都是以牛肉和牛内脏为主，有牛百叶、生牛肉、熟牛肉、牛腩肉、牛筋丸和牛肉丸等，其次是鸡肉或海鲜。所以，在这里普遍管越南米粉叫“Pho”，或者“Rice Noodle”、“White Noodle”，而鸡肉米粉叫“Pho Ga”，牛肉米粉叫“Pho Bo”。

早餐时间，转身落座总理府旁边一家人气很旺的越南牛肉米粉店。洁白滑爽的米粉和新鲜的剁牛肉糜用滚烫的牛骨高汤一冲，撒上绿色的小葱和红艳的辣椒碎，最后再滴上新鲜的青柠汁，口味酸辣，鲜香浓郁。最难得的，还是醇厚的汤头，看似清水，却入口难忘。

除此之外，还有一点不得不提的是，越南人在烹调食物的时候，除了那些东南亚特有的调味香料之外，还广泛使用了一种腥味较重的特殊蘸酱——鱼露。简单地说，就是取来新鲜的小鱼，将其处理后抹盐、暴晒、放在缸中腌制而成，通常撒上三五粒小青辣椒，挤几滴青柠汁一同食用，味道浓烈非一般人所能承受。据说，鱼露对于女孩子们是个好东西，既有助于保持身材，又有滋阴之功效。

无论是行走在街巷，还是品尝它的食物，越南都像是一个时间的混合体。一部分在今天骚动，一部分在 1900 年挣扎，另一部分则在百年前静默。城市承载着越南的梦想，在现代化的道路和古典忧伤的文化之间徘徊，尽管不确定的因素仍然很多，尽管繁华已逝略显衰败，但真实而又遍布鲜花的城市，总会在喧嚣中早早醒来。

:

End...

08

巴 巴 多 斯

×

美食夜场

Barbados: Night Food Fair

Text / 苏不归 & Photo / 王党眠

▹▹ 巴巴多斯是个袖珍海岛，是大红大紫的国际巨星蕾哈娜的故乡。要是你熟知公路路线，驾一辆性能一般的二手轿车，绕着海岸线，一个多小时能跑遍全国。◃◃

刚下飞机，我就坐上一辆当地出租车。司机是个老头，人生中最后的几根白发趴在他状若仙桃的头颅上。老人已过耄耋之年，却十分快乐，他自豪地娓娓道来：“巴巴多斯虽小，但它的国境线濒临大西洋的加勒比海域。”

海岛的食物自然得益于海洋，这里盛产的鱼类有金枪鱼、蓝枪鱼、剑鱼和飞鱼等。每逢周末，在岛南的 Oistins（奥伊斯廷斯）镇（这里的镇没有绝大多数的中国村子大）会有鱼集市开放。鱼集市有大量且种类繁多的鲜鱼等待出售，有贩卖手工艺品的小摊，但作为游客，大多数人都全情投入于市场的另一块天地——木棚下烟熏缭绕的烤鱼味中。这里的食客穿着都非常随意，T 恤、短裤和拖鞋，没有一个男人身着洁白的衬衣，没有一个女人踩着炫目的高跟鞋。简易木棚下数十张桌子、长椅，加勒比人热爱的雷鬼音乐不间断播放。没错，这就是个海边的大排档，食物有着适度的辛辣，不会吃坏肚子而且便宜。一份套餐通常是一块多汁而肥厚的鱼肉，加上米饭和一些沙拉，鱼肉的品种可以自由选择，大概花十美元就能饱餐一顿。店家们不需要张罗生意，入夜时分，就会有“长龙”自动排列到位，来得晚的人没座位，就捧着餐盒站着吃，一样有滋有味。各个国家的人在此汇聚，遇上有眼缘的人，在如此轻松的氛围里，彼此间能轻易敞开心扉。悠缓的生活节奏浸泡在加勒比海的夕阳和晚风中，这里只有一群闲人们的快乐伴着他们口中最纯粹的美食。

一边享受美食的同时，可以一边品尝巴巴多斯特产的朗姆酒——Mount Gay Rum，听 Bob Marley（鲍勃·马利）的歌时最好伴有如此微醺的感觉。朗姆酒加进可乐，再加些冰，是该国最受欢迎的饮料，点单时，只需要说 Rum and Coke 就行了，它没有更别致的名称。这里的气候常年温暖，一件单衣蔽体足矣，如同这里的食物，少了浮华与精致，但路上任意一家小摊上的烤鱼，享用过的人都会啧啧称奇，久久流连。

:

End...

09

阿 根 廷

×

在这里，
人们希望简单

Argentina:

Keep it Simple for Its People

Text & Photo / 王觉眠

▹▹ 我搬进大楼不到一周，她便懒洋洋地敲门送了一个西梅派给我，非常好吃。得到我的赞美，她也不以为意，她告诉我，不管身处何地，一个人也要吃好一顿饭。◃◃

在南美住到第三个年头，我身上的细胞已经充满了烤肉、奶酪和意式香料的味道，让我闻起来已经不大像个中国人。据说人身上的细胞七年会大换血一次，三年时间只够换一半的吧，一半美洲一半亚洲的胃如何去填饱，这几乎是我每天醒来面对的第一个问题。

阿根廷是个移民国家，白人占大多数，这也是阿根廷为什么被称为最不像南美国家的南美国家。和邻国巴西比起来，它的确不够热辣、不够混杂，在这里没有蜜糖色的水蒸气晕染海滩，也没有色彩艳丽的热带美食以慰食客想象。阿根廷像一条缓慢的大河，河滩上满是巨大的白色圆石——在我无数次的梦境中，它就是这么出现的。它的食物也是扎扎实实的，不玩弄概念，很少有所谓流行的馆子。

烤肉这种东西是比较奢侈的选择，在号称“南美巴黎”的布宜诺斯艾利斯，烤肉店林立，因为阿根廷牛肉品质世界第一，辽阔的潘帕斯草原水草丰美，牛儿在旷野中吃草，抬头有微风，低头看野花，美妙的“牛生”会在人类的餐桌上画上完美句号。第一次吃阿根廷烤肉是在布市富人区木头码头，这里本是粮仓，但被弃用多年，直到 20 世纪 90 年代，精明的犹太商人看中这些宽敞高大帅气的红砖仓库的文艺气质，斥资将其改造成高档餐饮区。阿根廷榜上有名的餐厅几乎都搬到了这里。这些餐厅走的是低调的奢华路线，褪色的红砖、沉重的实木桌椅、墙上的马头装饰、地上的牛皮地毯、雪白的桌布和水晶酒杯……嗯，就好像成吉思汗搬到了英国。

因为怕熏到客人，烤肉的饭馆在外面搭了一间透明的玻璃房来进行烤肉。巨大的烤肉架子上铺满肋排、牛腩、猪排和被一分为二的鸡，这里是肉食者的欢宴。这些肉都提前用粗盐涂满表面，在烤的过程中，盐自然溶化，渗透到肉的肌理之中。我自诩很能吃肉，但和当地人相比，几乎算个素食者。且看和我同来的阿根廷朋友，先吃些简单的蔬菜沙拉垫底，待烤肉上桌，马上将吱吱作响的烤肉切下一大块，放入自己盘中，然后将肉切成适合入口的小块，用叉子放入口中。在切的时候，肉汁带着些许血水，沾在雪白的盘子上。小牛肋排是上上之选，贴骨的肉被烤得焦香四溢，质地紧实，有嚼劲；牛腹肉很软，适合在大嚼一番后放松牙齿和咬肌；羊肉没什么膻气而且油大，吃起来满嘴是油；鸡肉一般无人问津，只有一些看起来像游客的人点了鸡肉。朋友在我耳边低语说："美国人才点鸡肉吃，鸡肉都是给他们准备的。"

吃肉要配酒，阿根廷偏偏还是个著名的新世界红酒出产国。阴沉沉的红色液体倒入水晶杯，一下子丰富了口感。电影《失恋33天》里大老王教导黄小仙儿一口肉一口酒，这种吃法的确让人忘记烦恼而且充满力量。喝了红酒，吃了烤肉，嫣红的小脸也比平时多了几分魅力，能忘记人在异乡的孤单，能忘记生活中的不顺遂，肉和酒在肠胃中化成一股直逼灵魂的火焰，将令人困扰的琐事击退。

街边的烤肉，味道也丝毫不逊色。布宜诺斯艾利斯的冬天不冷，气温一般在零上，连雪花都不会出现。我想象中对着飘雪的夜空吃烤肉喝红酒的场景从未出现过。不过，在冬季，每当阴天空气潮湿、天色将晚之时，我总会裹上大衣，打电话约上几个朋友，去家常烤肉馆吃饭。推开门，热烘烘的烤肉味儿像个熊男一样把人抱住，小餐馆通风不佳，但这种生肉因受热改变蛋白质结构而散发出来的肉香充满夜晚的归属感。喝点儿苏打水，确定一下人数，催促服务生赶紧上烤肉。这种吃法类似自助餐，按人头计费，一上就上一大盘，牛的各个部位都有，等吃完这一轮，再根据自己的喜好点喜欢的部位吃，现烤现吃，有时候还能要求烤肉师傅烤个腰子什么的，反正熟了就上。自由、随意，完全没有港片中"小姐，一份牛排，五分熟，谢谢"这种俗套。

等我驾照拿到手，心更野了，想去郊外阿根廷人眼中最返璞归真的烤肉馆——大棚烤肉，据说马拉多纳常去。"大棚烤肉"没有烤肉房，天为盖，地为席，一群短打扮的阿根廷小哥和老哥在摆弄半扇子牛，眼神儿都特别冷酷。"大棚"指的是就餐的环境，跟大学食堂差不多。简陋的桌椅，头顶上挂着有气无力的

风扇。肉的味道当然是超级赞，鲜嫩多汁，咸度刚好，而且有一种每个人骨子里最爱的烟火气，再闻闻，还能闻到松木的香味。无论多大的官职、多耀眼的名人，到了大棚烤肉都在简陋的桌椅海中找个位置坐下点单。这里的服务生年纪都不小了，因为常吃烤肉，一个个长得雄赳赳的。他们手臂上搭着一条毛巾，在不忙的时候，就淡淡地看着来吃饭的客人们，一副宠辱不惊的样子。他们服务过的人里政客官员、知名商人应该不少，就算马拉多纳来了，他们也最多叫他一声“迭戈”（马拉多纳的名字）吧。

烤肉和盐最搭，别的什么都别放，总有人劝我尝试新奇的酱料，但试下来总没有盐来的好吃。看着我光撒盐，服务生会用眼神儿给予我一些肯定，好像在说：“嗯，你还挺会吃的。”能得到阿根廷人的肯定并不容易，阿根廷人的骄傲备受南美其他国家的人诟病，因为他们事事都自认正宗，对别的国家总得噘起嘴皱起眉，贬低一番才罢休。在阿根廷生活久了，自然也沾染上了这种作风，到了和阿根廷仅一山之隔的智利，发现他们吃的Empanada（大饺子）居然是方形的，我想这是错的；看到他们菜单上“烤肉”一项，牛肉和鸡肉居然列在一起，我想这也是错的；餐后没有问我是否要咖啡，哼，这当然是错的。我就像进了城的阿Q一样，凡是和我们阿根廷“村儿”不一样的地方，都是错的。

每个城市都有自己的Taste，可以理解为品味，也可以理解为口味。阿根廷人尽管高傲，但要是你对了他们的胃口，得到赞美易如反掌。随意披一条黑白格大围巾，他们会赞你好优雅；斜斜地背一个 Longchamp（法国品牌，龙骧包）双肩背包，他们会觉得你很有风情；穿一身简单的黑裙子，那你简直迷人极了。到了餐馆，你不看菜单报出一溜菜名儿，再懒懒地说“甜品待会儿再说”，服务生会又尊敬又亲切地看着你，那眼神儿，暖洋洋的，就像下午时分无遮拦的阳光，像是一种认同。每个国家的饮食都带有鲜明的地方特色，比如，在阿根廷，人们希望你看起来简单，但这种简单是要你端过多少杯红酒、摸过多少双银质刀叉历练出来的，不刻意的态度是建立在强大精神世界的基础上，就像阿根廷的烤肉一般，食材简单，做法大巧不工，但滋味鲜美，食客流连忘返。简单其实是不简单，一个好的烤肉师傅也要三年才出师，一种腔调的培养只怕三年也出不了师。

在圣达菲大街上闲逛，我看到熟食店总心痒难耐，一定会进去看看。这里有意大利手工的萨拉米，阿拉伯人的面饼，本地的奶酪、蜂蜜和果酱，西班牙人的生火腿也能占据一席之地。我会细细和店里的伙计讨论，什么奶酪配什么红酒最美味，黑椒口味和蜜汁口味哪种更得女性青睐等，这样的话题总也讨论不烦。我还对伙计说：“在我的国家，生火腿是可以煮在汤里提鲜的。”他们完全无法想象，“炖”这种烹饪手法距离他们实在遥远，他们将此归结为东方人的神秘厨房艺术。

说到神秘，住在我家楼上的阿根廷大妈艾丝特也算是个神秘人。她孤身一人，没有丈夫，也不见儿女来探望过她。她生活低调，形象却是千变，我曾在深夜见过穿碎钻舞鞋去跳舞的她，曾见过她穿着香奈儿的外套带着全套 LV（路易威登）的箱子出发去旅行，她也喜欢披着从中国街买的艳丽丝绸大围巾、戴着最时尚的墨镜。她吸烟，喜欢烹饪，从不参加教会活动，是博卡队的球迷。我搬进大楼不到一周，她便懒洋洋地敲门送了一个西梅派给我，非常好吃。得到我的赞美，她也不以为意，她告诉我，不管身处何地，一个人也要吃好一顿饭。

她曾经在她家中为我示范如何做最简单的渔夫意大利面，把烟管面用不多

的水煮熟，倒出水，把番茄、洋葱和蒜头切丁，放入锅中，加点儿橄榄油炒一下，加番茄酱和意大利传统鲔鱼罐头，焖熟即可。优点是快，只用一个锅，省了刷两个锅的力气。如果更省事一点儿，也可以就着锅吃。

做完饭，她点上一支烟，对着窗户慢慢地吐烟圈。

看着她的背影，我又想起博尔赫斯说的，布宜诺斯艾利斯大得不可思议，没有人可以完全了解它。她教会我，一个人给自己做一道简单的餐是一件优雅的事，优雅到可以让你想到森林里睡着的老虎和平静的湖水，还有一面镜子，能照出未来，照出城市的繁盛与衰败，你要坚信，唯一盛开不败的是你的内心。

圣诞节到了，我祝她圣诞快乐。她告诉我，她是犹太人，圣诞节和她没有关系。

End...

PAN

10

秘 鲁

×

“山珍”与“海味”

Peru: Delicacies From Land and Sea

Text & Photo / 等等深

▹▹ 不忍心是一方面，可是也不能让这只可爱的动物白白牺牲啊，所以我在同情、内疚、惊喜的五味杂陈的感觉中，将其吃进了肚子。◃◃

在南美洲的土地上，有个形状像美洲狮的国家，这只美洲狮俯卧在太平洋东岸，安第斯山脉穿过它的整个身躯，头部被茂密的热带雨林所覆盖，这就是历史源远流长、文化底蕴丰富的秘鲁。

在这片古老的土地上，11000年前就已经有人类的足迹，比南美洲其他地区都早了好几千年。随着人类活动的开始，其饮食文化也随之滋生和发展。远古的美洲印第安土著居民靠着极大的生存智慧，在安第斯高原中繁衍生息，培育种植了土豆和玉米等农作物，又驯化了羊驼，圈养牛羊，创造了历史悠久的高原山地饮食文化。16世纪初，西班牙人入侵，在海边建立了首都利马城，随后，欧洲裔的移民大量迁入，欧洲的饮食文化由此传了进来，形成了以海鲜为主的沿海饮食文化。

再后来，非洲的奴隶和150多年前中国广东移民劳工的涌入，使得秘鲁种族更加多样化。如同各族通婚一般，各民族的烹饪技艺也相互融合，形成了现代种类繁多的秘鲁美食。

现今的秘鲁菜肴大体上可以分为两大菜系：一是以印加古城库斯科为代表的安第斯高原地区“山珍”系，主料是各类家畜的肉，配以土豆、玉米等，以炖、烩、煎为主要烹制方式；二是以殖民老城利马为代表的沿海地区的“海味”系，主料是太平洋海鲜和鸡肉，配以米饭，以凉拌、清蒸和烧烤为主要烹制方式。而无论哪种菜系，调料中总少不了Aji（秘鲁辣椒）和香料。住在山地和海边的居民占了秘鲁总人口的95%，所以这两大菜系几乎涵盖了所有秘鲁日常美食。

两年前，在欧洲待腻的我，决定到南美洲找一个温暖的、好吃好玩好风光的地方住几年。等我“考察”完几个国家到达秘鲁的时候，我便爱上了这里，决定定居下来。其实，这里最吸引我的便是当地的食物。正宗秘鲁菜，品种丰富、用料考究、荤素搭配合理，不仅味美，而且有益健康。比起那些以大块牛排作主食的国家来说，秘鲁菜肴更符合中国人的胃口。

其中，或是惊奇，或是赞美，有四道关于“山珍海味”的名菜不得不说，它们是：Alpaca或者Llama（高原炖羊驼肉）、Cuy asado（烤豚鼠）、Ceviche（海滨柠檬腌生鱼）和Arroz Chaufa de marisco（海鲜炒饭）。

▶ 第一站：Cuzco（库斯科），Machu Picchu（马丘比丘）

秘鲁就是想象中“古墓丽影”和“夺宝奇兵”这样的神秘寻宝圣地。来秘鲁旅行的人，早已被“大地的肚脐”库斯科，以及世界七大奇迹之一“天空之城”马丘比丘撩拨起内心的无限遐想。这两个地方在所有“人生不能错过的风景”的各类评比中均榜上有名。在这里，游人还能够品尝到“羊驼”和“豚鼠”，这也是我心中评定为“人生不得不品尝一次，虽然会很吃惊”的秘鲁特色美食。

在库斯科山顶的Saqsaywamán（萨克萨瓦曼）巨石古堡，我第一次看到成群悠闲吃草的羊驼Alpaca，它们的外形有点儿像绵羊，却属于骆驼科，又称无峰驼。马丘比丘古城里也放养着13只大羊驼Llama，它们跟羊驼Alpaca的外貌有些不同，毛发更短，脖子更长，二者是近亲。

对于我们中国人来说，羊驼并不陌生，它们天生喜感，性格温顺，不会上下楼梯，只能蹦跳，发出“嗯嗯”的哼唱，可不是“咩咩”的叫声，呆头呆脑的模样让人心生怜爱。羊驼的毛可以做毛衣和披肩，比羊绒更轻，保暖性能也更好。可是，这么可爱听话又为人类保暖做出贡献的动物，却被美洲土著居民搬上了餐桌！对卖萌动物毫无抵抗力的我，一开始也难以下口，不过第一次尝试羊驼肉却是一次意外。有一次去一家自助歌舞餐厅吃饭的时候，我盛了一勺像炖牛肉的肉。尝的时候就觉得奇怪，味道不像牛肉，比牛肉还要细腻一点儿。一问才知道，这个是羊驼的肉……后来在马丘比丘山脚下的温泉镇用餐的时候，忍不住好奇又点了烤羊驼排，吃的时候就没有第一次那么内疚了。

另外一个不得不提的“奇珍异兽”，便是烤豚鼠肉。

豚鼠，又叫天竺鼠、荷兰猪，在土著居民的克丘亚语里叫作“Cuy”，因为它们的叫声就像“贵……贵……”一样。作为外表呆萌的宠物，它们一般被关在一个旋转的小笼子里不停地奔跑，所以深受全世界人的宠爱，除了安第斯土

著居民。他们发现这种可爱的动物的鲜美肉质比它们可爱的外观价值更高，于是就将它们做成了餐桌上的美食。

看来，安第斯的土著居民对可爱卖萌的动物有着强大的抵御能力，这么可爱的动物竟然烧烤成这样，真让人不忍直视啊……至于味道，跟卤的兔子肉和鸭肉差不多，啃起来还是很香的。不忍心是一方面，可是也不能让这只可爱的动物白白牺牲啊，所以我在同情、内疚、惊喜的五味杂陈的感觉中，将其吃进了肚子。

第二站：Paracas, Islas Ballestas（帕拉加斯鸟岛）

这个号称“穷人的加拉帕戈斯群岛”的秘鲁鸟岛，既有着碧海蓝天的梦幻般的风景，又有着久负盛名的海鲜料理。

鸟岛离陆地19千米，开快艇15分钟就能到达。岛上除了成千上万的海鸟之外，还有海狮和秘鲁特有的热带企鹅。如果天气好，还可以看到岛屿周围有海豚出没。这些海鸟和海兽们的食物就是这苍茫大海中取之不尽的鱼类。

秘鲁有着漫长的海岸线，太平洋东南岸由南至北流动的洪堡寒流，带来了丰富的海洋微生物——鱼类的食物，也成就了全世界最大的渔场——秘鲁渔场。撒一网下去，捞上来便是活蹦乱跳的海鱼。渔业是这里的支柱型产业，捕捞的鱼除去食用，大部分送到沿岸的鱼粉加工厂，做成鱼粉出口，成为上好的家畜饲料。

这样的天然优势促使沿海地区创制出丰富美味的海鲜菜肴，其中最具特色的是号称秘鲁国菜的“柠檬腌生鱼”。新鲜的鱼肉和海鲜（扇贝、章鱼、虾等）切成小块，浸入柠檬汁腌制三到四个小时，既有消毒的作用，又让酸味进入鱼肉和海鲜，创造出一种独特的口感。再配上烤红薯、炸玉米粒和洋葱丝，这样一盘海味佳肴，不亚于任何其他人间美味。在鸟岛码头上的餐厅里，点上一盘柠檬腌生鱼、一盘米饭加烤鱼，再点上一杯柠檬汁，面朝太平洋，看鸬鹚的逗趣表演，心胸都会开阔起来。

▶ 第三站：首都 Lima（利马）

行走在利马的大街上，每隔几百米就可以看到一家龙凤雕梁装饰的、打着中文招牌的 Chifa（就是广东话里“吃饭”的发音）。在秘鲁，被叫作 Chifa 的中餐馆生意开得如火如荼，整个秘鲁竟然有 7000 多家中餐馆，这数量在国外恐怕是世界之最了吧。仅首都利马就有 4000 多家，几乎每条街上都有那么两三家。而且 Chifa、Wantan（馄饨）、Chaufa（炒饭）和 Kion（姜）等这些广东话发音的汉字已经代替原有的西班牙语单词成为秘鲁人口中的日常用语，还被收录进字典。由此可见中国的饮食文化对秘鲁的影响之深，已经成为当地传统饮食的一部分。

最深得人心的是 Chaufa（炒饭）。秘鲁的厨师人人都会做炒饭，味道比起中国师傅也是青出于蓝而胜于蓝。米饭可以和鸡肉、猪肉等一起炒，不过，最合我胃口的便是 Arroz Chaufa de marisco（海鲜炒饭）。新鲜的虾仁儿、章鱼块儿和海鲜，配上切成颗粒的蔬菜，和煮好的大米饭炒在一起，口感鲜美，每一粒米饭都散发着浓浓的海味，让人意犹未尽。

这是一种让人极有幸福感的菜肴，况且，在任何一家当地的普通餐厅里，一个套餐（包括一杯随意续杯的果汁饮品、一道可以是家常菜汤或者是柠檬腌生鱼的前菜，配上这一盘海鲜炒饭），也仅售 7 索尔（约合人民币 15 元）。

End...

11

巴西

×

一天吃遍“足球王国”

Brazil: Only if You Can Eat Everything

in One Day

Text & Photo / Pauan Soares【鲍安·索阿雷斯】

▹▹ 巴西国土面积广大，大致分为五大区域：北部、南部、中西部、东北部，以及东南地区。而这五大部分则分别对应了不同特点的美食，依次为：热带水果、巴西烤肉、玉米粽子、海鲜浓汤，以及各种小吃。而将这几种食物串联在一起，恰好可以组成最具巴西特色的一日饮食菜单。◃◃

我叫 Pauan Soares（鲍安·索阿雷斯），一个出生和成长在“上帝之城”里约热内卢的 90 后男孩。亚马逊丛林中的印第安土著、葡萄牙殖民者、非洲的黑人奴隶，以及来自欧洲和亚洲的移民，组成了这个混血的国家，而这种文化的多元性也造就了这里饮食的丰富多样化。

早餐：水果大餐

对水果早餐的喜爱，源于我儿时的记忆，妈妈总是切好各种水果：草莓、香蕉、木瓜、巴西莓……盛在盘中端给我。这样一盘丰盛的水果沙拉加一杯瓜拿纳果汁，能带给我充沛的精力，开始蹦蹦跳跳、踢球玩耍的一天。

巴西北部的亚马逊雨林地区，出产着让人大开眼界的各种热带水果。其中最有名的，非 Açaí （巴西莓）和 Guaraná （瓜拿纳）莫属。巴西莓呈亮铮铮的深紫色，被称为“地球上最健康”的水果，其抗氧化成分远超其他水果，还富含对人体有益的脂肪酸、钙质和维生素，口味酸甜可口。巴西莓的果汁很浓稠，常被做成水果冰沙，撒上坚果和香蕉丁，是炎热的天气里绝佳的降暑饮品。而长得像人眼珠一般的瓜拿纳果则含有咖啡因、单宁酸、生物碱等物质，营养丰富，常被做成橙色的碳酸饮料出售，可以起到消除疲劳、提神醒脑的作用，是巴西的国民饮料。

午餐：巴西烤肉

一提到巴西美食，恐怕大家首先想到的就是赫赫有名的“巴西烤肉”吧。这道“国宴”，深受世界各国游客的喜爱。巴西南部地区土壤肥沃，牧草丰盛，养肥了肉质鲜嫩的牛羊。因此，喜欢吃肉的巴西人发明了这让人一想起就口水直流的巴西烤肉。

在烤串上齐齐地串上切成小块儿的牛肉、鸡肉、猪肉和香肠，肉块之间用青椒等蔬菜或者苹果、菠萝等水果间隔开来，刷上几层油，撒上粗盐，在火上烤香。待盐慢慢融化渗入肉中，表层烤熟之后，便可用刀割下来食用。那闪着油亮亮的光芒，散发着令人垂涎的肉香，让人迫不及待地想咬上一口。原汁原味的巴西烤肉无需添加更多调味料，它要呈现的就是那种粗犷的原始美味。

下午茶：玉米粽子 ∞∞∞

巴西的中西部地区，也是整个南美洲的中心地带，聚集了周边很多民族的特点，其食物和西边接壤的秘鲁、玻利维亚、巴拉圭等拉美国家有相似之处。亚马逊河中生长的品种繁多的河鱼是中西部地区人们最普遍的烹饪原料。而印第安土著居民的秘制做法，则保持了鱼肉的鲜美。受非洲后裔的影响，香蕉也成为做菜的原材料来烤或者炸。

除此之外，在这一带旅行时，你会看到大街小巷常见的一种小甜点——Pamonha（巴西粽），也就是玉米粽子。这是我很喜欢的一种健康食品，玉米面和椰奶和在一起，包在玉米叶中煮熟，味道中既有椰奶的甘甜，又有玉米的清香。

晚餐：海鲜浓汤

巴西有着濒临大西洋的漫长海岸线，因此来到巴西，海鲜则不容错过。

在巴西的东北地区，四季如夏。曾经大批运载黑人奴隶的船只最先到达的就是这片地域，因此这个区域 90% 以上都是非洲人的后裔。用海鲜做成的各种菜肴是这里最流行的主食和小吃。这里的食物口味比起巴西其他地区要更辣，这是非洲移民流传下来的烹饪方式。

这里让我印象最深刻的食物是 Vatapá（海鲜浓汤，用鲜虾、鱼、椰奶、花生、棕榈油一起熬成的浓汤），以及 Moqueca（鱼类海鲜和洋葱、大蒜、辣椒一起在棕榈油中煨成的海味杂烩）。我很喜欢这种又香又浓、口味微辣的口感。还有一种海鲜小吃叫作 Acarajé（炸虾丸，沾满辣椒的虾和黑眼豌豆做成的丸子在棕榈油中炸熟），不过，它的热量似乎不低呀！在街上销售这些食物的黑人妇女通常穿着白色长裙、围着白色头巾，和一些巴西黑人在举行宗教仪式时穿的服装很像，也是一番特别的风景。

夜宵："果汁吧"

整个巴西人口最集中、夜生活也最丰富的地方，莫过于集中了巴西三大城市圣保罗、里约热内卢和贝洛奥里藏特的东南地区了。这里有很多来自欧洲（主要来自意大利和西班牙）和亚洲（主要来自中国和日本）的移民。所以饮食文化也是多国的融合，意大利面、寿司也都成为日常的饮食。

在里约，我会经常光顾叫作"果汁吧"的精巧型餐饮店。这样的果汁吧在城市中随处可见，经常开到很晚，有的甚至 24 小时营业。在果汁吧里，你可以选任何自己喜欢的水果榨成果汁。而除此之外，这里也出售各种小吃，其中最受欢迎的是一种点心：Salgado（字面意思是"咸味"，可以算得上所有"咸味点心"的总称，如火腿、咸奶酪等）。此外，果汁吧经营的范围还包括正餐。我有时候下课回家比较晚，没来得及吃晚餐，可是又不想吃得太饱的时候，就会来这里点上一块 Salgado 或是一片比萨加一杯果汁。

除此之外，果汁吧也是一个晚上和朋友聚会或者看球赛的好地方。果汁吧通常都由中国人经营。因此，像炒面这样的中国食物也可以找到。有一种巴西特色小吃 Pastel，是咸味点心的一种，是中国煎饺和春卷的混合体，在这里非常流行，也是我的最爱。说来好笑，“二战”期间，有不少日本人冒充中国人开这样的果汁吧，反正巴西人对东亚人的面孔也分辨不出来。

在果汁吧还能尝到几种用奶酪做的甜点。以贝洛奥里藏特为首府的米纳斯吉拉斯州最出名的是当地产的白奶酪，这种独特的白奶酪后来成为一道叫作“罗密欧与朱丽叶”的美味甜点的原料，是咸味米纳斯奶酪和甜味的番石榴的完美结合。之所以用莎士比亚最著名的爱情故事为其命名，是因为原本并不“和睦”的原材料——一个来自动物的奶汁、一个来自植物的果实，一个咸、一个甜，一个白、一个红——经过精心的调配最后成为完美的一对，并且一改悲剧结局，成为让人开心的美味食品。

End...

12

新 加 坡

×

全民食堂

Singapore: A National Canteen

Text & Photo / 任紫玉

▹▹ 新加坡人好吃、爱吃、懂得吃，遍布街边的饭馆、餐厅和美食中心，数量众多，营业时间还贴心地长，新加坡的“大食代”和美食中心堪称“新加坡全民食堂”。◃◃

新加坡人的生活节奏非常快，在乌节路的地铁换乘通道中人流熙攘，女孩儿们脚蹬平底船鞋走得飞快。新加坡人几乎没有在家做饭的时间，但这并不耽误吃。新加坡是购物天堂，有数不清的购物中心，而几乎在每一座购物中心里都会有一个大食代。牛顿美食中心、唐人街的牛车水大厦、老巴刹，也都名声在外。不知道政府是否统计过这些美食中心和大食代的总量，每次我在新加坡度过的日子就和忙碌的新加坡人一样，依赖这些“新加坡全民食堂”而生活着。

美食中心通常在一个或圆或方的大棚样的建筑中，布置着不起眼的塑料桌椅，头顶上的吊扇哗哗地旋转。这里可以说是“舌尖上的新加坡”，或者说有着民族融合的好味道。顺着沙嗲酱、海鲜酱、甜辣酱的味道一路摸过去，满眼就只有吃了。沙嗲的隔壁是海南鸡饭，叻沙的隔壁是马来烤肉，烧味、印度咖喱、萝卜糕、酿豆腐、擂茶饭，让人食指大动。这类美食中心通常到凌晨还是灯火通明，香气四溢。

新加坡本身就是多民族融合的地方，这些混合口味的摊档并非像国内一些专门面向游客尝鲜的大排档，它们的主要消费群体也是本地人，从早到半夜热闹地、不可或缺地存在着。张艾嘉主演过一部电影叫作《海南鸡饭》，在其中饰演经营了一家有十年以上历史的海南鸡饭店老板娘。可见海南鸡饭在新加坡是多么日常、多么家喻户晓的食物。

海南鸡饭起源于我国海南省，后流传到新加坡、马来西亚等地，现以新加坡的味道最为正宗（挺奇怪的）。很多海南鸡饭摊档的老板都过着和张艾嘉饰演的角色差不多的生活，每天炖鸡、熬鸡汤、做鸡饭。在鸡腹里放进数片生姜、味精，并在外皮上涂上精盐；放入沸水里先用大火煮至鸡皮变黄，随后一定要细火慢煮到八九分熟时捞出。

鸡饭摊档老板叮嘱我，海南鸡饭的精髓在于鸡饭。因为鸡饭一定要配合鸡油、鸡汤来调匀煮熟。最传统的吃法是把鸡饭捏成饭团，用煮好的白切鸡配上饭团，再加入蒜蓉、姜蓉或酱汁调味，各家还常有秘不外传的酱料。

这家鸡饭叫作“天天海南鸡饭”，据说天天买鸡饭的人都会排成长龙。大概也是说新加坡人天天都不能缺少海南鸡饭。老板把炖好的鸡挂在玻璃橱窗中招揽食客，出售时，均匀剁好几块鸡肉，配上一碗鸡饭加上调料，有时候会附上一些青菜和芽菜，附赠一碗鸡汤，并在上面薄薄地撒上香葱。我在队里端着餐盘等待，远远就能闻到香气，淡黄色的米饭粒粒分明，能满足我对米饭的一切幻想。

除去海南鸡饭，不得不提的还有肉骨茶。我读硕士时的同窗现今在新加坡生活，总喜欢戏称自己是在“坡上”。这姑娘一米七五的个子，行事风风火火，符合新加坡的快节奏。在我最近一次去“坡上”的时候，她迫不及待地拉我去了“松发肉骨茶”，说是极为推荐，要隆重地陪我去吃。我们乘地铁到克拉码头，站在出口就能望见在马路对面，老字号食店之一的松发肉骨茶，人气非常旺。

店里的风格很传统，八十年代的云石面圆桌，桌边有个茶壶座摆放着工夫茶的茶具，店面不大但也不局促，食客们坐得满满当当，自有一种老友聚会的温暖。在这样的老字号吃饭，我总喜欢看看他们对自己的源流介绍。看墙上的介绍，松发肉骨茶属于潮汕风味。骨汤颜色清淡，入口充满喷香浓郁的胡椒味，肉质酥烂脱骨，不干不老很入味，其中的大蒜也早已软糯、入口即化。同窗姑娘替我调上些鲜辣椒配酱油膏搭配排骨，爽辣畅快。

新加坡的天气虽热，喝一碗热腾腾的肉汤满头大汗却浑身畅快淋漓，把闷热一扫而光。以往我习惯搭配米饭，今天拗不过同窗姑娘，搭配了油条，油条吸满汤汁变得温热喷香，多亏了我的尝试。店门口此时也排起了长队，很多年轻人一边聊天一边等待着，丝毫没有着急的神态。所以说新加坡人再忙也愿意为了美食而花时间。

新加坡美食是真正的多种多样，我还曾在雨天里冲进“小印度”吃到了正宗印度咖喱和面饼，在暴晒的午后去牛车水大厦连着要了芒果冰和黑芝麻糊解暑。下午时分最难忘的便是亚坤的咖椰土司，法式厚吐司搭配咖椰酱，浓醇的南洋咖啡加入炼奶搅匀得恰到好处，再加上一只三分熟的鸡蛋调上酱油，是一餐地道的南洋下午茶。二十四小时的美食几乎不间断，只要想吃，就会有各种美味供人选择。新加坡人再忙也不耽误吃，应了那句“世间万物，唯有美食与爱，不可辜负”。

End...

13

德 国

×

Döner Kebab

（肉夹馍）

Germany:Döner Kebab

Text & Photo / 鄢俊

▹▹ 这些严谨到有点儿强迫症倾向的德国人，恨不得将食材的配比精确到克，烹饪时间精确到秒，火候精确到度。◃◃

相较于以“色香味俱全”著称的中国美食，德国的饮食一向十分看重“Nährwert”（德语：营养）和“Aussehen”（德语：外观）。可以用这样一句话概括：中国的美食，每一口都充分满足了味蕾对美味最极致的追求；而德国的饮食，每一口都满足着每一个细胞对营养最朴实的需求。对于这一点，德国的厨房便是最好的佐证。在德国的家庭厨房里，通常摆满了各式各样让人瞠目结舌的测量、烹饪工具。这些严谨到有点儿强迫症倾向的德国人，恨不得将食材的配比精确到克，烹饪时间精确到秒，火候精确到度。

提起德国美食，估计大多数人脑子里浮现出来的不是巴伐利亚的大肘子、大桶啤酒，便是典雅的西餐厅。肘子固然美味，啤酒固然酣畅，西餐固然高大上，但对于真正生活在这里的人们来说，这绝不是常态。若不是在假日，大多数人也没有那样的时间和心情去享受这份安逸。而在德国的大街小巷，你却常常能看到这样一种食物，它不仅为各国人民所喜爱，也可以为赶时间的人们快速补充能量，而对于那些追求浪漫的伴侣们来说，这种食物还可以让他们放慢脚步，获得片刻耳语的安宁，它就是——“Döner Kebab”（肉夹馍）。如果要问到它在德国饮食中的地位，那么“没吃过 Döner，你怎么好意思说自己来过德国？”这句话或许能让你窥视到它的举足轻重。

Döner Kebab 一词源自土耳其语 Şiş Kebap，意为“旋转的烤肉”。严格地讲，Döner Kebab 是“Grown in Germany”，而并非“Made in Germany”，是个舶来之物。大约 200 年以前，在土耳其出现了这种将羊肉片或者鸡肉片串在转动的铁棍上用小火烧烤的食物。当时的烤物是水平放置的，后经一个叫 Hamdi（哈姆迪）的土耳其人改良，衍化成了今日竖直放置的烧烤架。

20 世纪 60 年代，随着德国劳动力的严重匮乏和应运而生的德土劳动力招聘协议，大批的土耳其人抱着“淘金梦”涌入德国。他们在为德国带来经济奇迹的同时，也带来了爱琴海岸独具一格的饮食文化。70 年代初，柏林诞生了第一家 Döner Imbiss（快餐店）。随后，Döner 便以迅雷不及掩耳之势席卷了整个德国，并以 200 ~ 300 吨的日销量成为最受人们喜爱的美食。话虽如此，但并不是每一家店都能让人吃到正宗的 Döner Kebab。小小的 Döner Kebab 看似简单，但其制作工艺手法却也相当考究。

首先是肉质的选择：为了能让食客们享用羊肉的鲜美又不被其膻味所打扰，小羊羔和阉割的山羊是首选食材。后来鸡肉和小牛肉也渐渐出现在了旋转的烤炉上，满足着人们各式各样的口味。食材选好之后，接下来就是重要的酱制过程。切片的肉被放入有捣碎的洋葱、辣椒、孜然、胡椒和盐的酱缸，泡一天，直至肉片中的每个细胞都吸饱了酱汁的美味。接下来便是穿杆烤制，数分钟的高温让肉变得外焦里嫩，让人垂涎欲滴。烤肉师傅用长达半米的刀迅速地割下最表面一毫米的肉，然后用小铲子收起。德国人认为 Döner Kebab 健康的原因是，它除了有肉还有主食和沙拉。

沙拉，一般有洋葱、番茄、黄瓜、生菜、酸菜以及甘蓝供食客自由选择。

Coca-Cola

主食一般有四种：薯条、类似于北京烤鸭饼的面皮、炒米饭，还有一种是与新疆囊饼很像的馍，香脆又不失筋道，比较适合吃惯了面食的北方人。除此之外，还会配上不同的酱，通常有香草酱、蒜酱、咖喱酱和辣椒酱。其中香草酱最为温和，口感也最好，蒜酱其次，咖喱酱略显刺激，最为厉害要属辣椒酱。但很多在德国生活过的人可能会不屑一顾地说，德国的辣椒根本就不辣，所谓的超辣还不如中国的微辣。但是作为一个常年吃川菜的人，我觉得人家还是要珍爱生命，远离此物。

每一年从中国来的游客甚多，有许多担心到国外饮食不服而带上“老干妈”辣酱的四川人，带烤鸭的北京人，还有各种冒着被海关查到的风险携带各种地方小吃特产出国的事情。其实真的大可不必，在德国虽然不容易吃到非常正宗的中餐，但是在时间不太赶的时候坐在莱茵河畔的酒棚里喝杯啤酒，啃个肘子，还是很惬意的。哪怕在赶时间的时候，至少也能很容易地在街头巷尾，点上一个 Döner Kebab，既能果腹充饥，还能短暂地感受一下德国人钟爱的饮食，也不失为一件美事。

End...

14

法 国

×

有马卡龙的巴黎，
我愿意去慢慢品味生活

Paris: I Wanna Have a Life With Macaron

Text & Photo / 吴辛欣

▹▹ 如同红酒一般，品味马卡龙需要的是心境，无论是在闹市区还是在村野小镇，这枚小小的甜饼需要的是钟情于它的“伯乐”。◃◃

夏日里巴黎的阳光显得尤为珍贵，没有伦敦的夏天那么阴冷，也没有希腊的日头那么“蒸蒸日上”，二十四五度的气温总让人觉得不温不火。这个季节，巴黎城显得空荡荡的，外出度假的人们将堆满工作怨气的空屋子抛在脑后，匆匆离去，心如止水留在“花都”的人们愿意享受这份恬静与安逸。这种生活状态和我极喜欢的一位法国乡村诗人说过的话相当吻合：“不妨在这个季节享受一个宛若马卡龙的清晨吧！”极少有人会把作为饭后甜点的马卡龙当作早餐，若不是这位诗人的创意，我想我会一直因循守旧下去。

一个清晨，我与Sophie（苏菲）约在香榭丽舍大街75号的Laduree（拉杜丽）。这里是售卖马卡龙的老作坊了，最早是由一家旅馆改造的。粉绿色描金的Logo让人过目不忘，装修也以此为基准色调，皇家的血统弥漫在这里的每一个角落，

走廊、柜台甚至厕所都保留了原本的特色。有人说这里更多的是名气，缺少的是味道，但即便是法国人也不同意这种说法。这里是世界各地甜品狂热粉丝心目中的 NO.1，但我最着迷的还是马卡龙。如同红酒一般，品味马卡龙需要的是心境，无论是在闹市区还是在村野小镇，这枚小小的甜饼需要的是钟情于它的“伯乐”。诞生于 1862 年的 Laduree 已经走过了一个半世纪，似乎时间并没有消散那浓浓的马卡龙味道，保留下来的精致已经成为这座城市一个细腻的符号。Laduree 每年都会请著名的时装设计师来设计其甜点的包装，设计师们“肆意”地将自己的灵感涂抹在一枚枚马卡龙之上，灵感所迸发出来的一点一滴在饕客们的味蕾上绽放。深咖啡色的味道适合迷人的午夜，桃红色的蔓越莓味道则适合慵懒的午后，青苹果口味最为清淡，是早晨时光的最佳伴侣。我和朋友点上几枚马卡龙和一壶伯爵奶茶，就这样呼吸着早晨清新的空气，坐在这里看着香榭丽舍大街的人群。

很多人都抱怨Laduree门口长长的队伍，虽然不远处的LV旗舰店也永远排着长长的队，但是比起酷爱购物的人们，喜爱美食的饕客们还是缺乏了一点点耐心。这种小小的不耐烦直到一屁股坐在Laduree二楼的座位上方可消失，这种感觉犹如从闹市区一下子进入小型宫殿之中，沉迷于美食的人们很快将排队的不快抛之脑后。

打开谷歌词条，“少女的酥胸”似乎成为马卡龙的代言。我是极喜欢这种杏仁小圆饼的，但是却从未觅得“少女的酥胸”从何而来。与法国朋友聊天时也常常说起，他们觉得将生活中极普通的一枚枚马卡龙与少女的酥胸联系在一起是件十分匪夷所思的事情。对于他们而言，这是美食，这是传统，马卡龙就是马卡龙，简单纯粹便是最好。

Annebelle（安妮贝尔）是我在巴黎结识的一位婶婶。这位已经六十五岁的波兰裔法国婶婶算是我的忘年之交，她喜欢烹饪美食，也喜欢记录美食背后的故事。三十年前，她曾经和丈夫一起去过中国，那次旅行使她爱上了剪纸。我不知道她师从哪位剪纸“大师”，但是从每年年末她寄给我的贺卡可以知道，这位剪纸老师教给她的可不只是简单的剪纸技术。贺卡里面附带的剪纸总是很新颖，超级有爱的圣诞老爷爷或是坐着雪橇的麋鹿，这些完全不同于中国传统剪纸中的人物，却被Annebelle演绎得东西方韵味兼有。

三年前，她的女儿出嫁，丈夫是一位塞内加尔的医生。对于女儿的选择，她很支持。这个大家庭里面流淌着的是地球村的血液，有东欧的，有西欧的，如今又有非洲这片热土的。开心的婶婶亲自为女儿做了九个马卡龙，因为她听我说中国人对数字“1314”的解释是“一生一世”。

而更加有创意的是，她在每个马卡龙上面都贴了一个小小的“囍”字，这样喜气洋洋的小甜饼让人爱不释手，而这样的创意我觉得简直可以媲美当年巴黎美食时尚领域任何一个奢侈甜品店的马卡龙创意。法国人对于家人的爱其实是含蓄的，就像这位六十五岁的婶婶一样，她将小小的剪纸贴在女儿最爱的马卡龙上

面。而只有她的丈夫知道，为了剪成一个漂亮的“囍”字，这个不会一句中文、不懂一个中国字的法国老太太练习了不下百次才剪出完整而又合心意的小字。我记得婚礼那天，蔓越莓口味的马卡龙粘在了 Annebelle 女儿白色的婚纱上，我想替她抹去却被婶婶给拦住了。她说三十年前那位教给她剪纸的中国婆婆对她说，一枚红色的小纸能够给人带来好运，这枚红色的蔓越莓马卡龙也被她认为是好运的象征，以此为女儿的婚姻求得一个“平安符”。

马卡龙在法国算是比较贵的甜品了。一枚小号的马卡龙价格约两欧元，大号的约四欧元。在法国的任何一个城市，任何一个街区，乃至在任何一个大型集市的面包甜点作坊都会看到马卡龙的身影。有的店主，特别是小镇子里面的甜品店主都喜欢将马卡龙做成大号版本，客人们可以一饱口福。当然，个头的大小仁者见仁、智者见智了，只不过这枚小可爱真的是让人长时间不见分外想念。

若是可以选择的话，我想很多人会将马卡龙所有的口味一一尝遍，不论是覆盆子还是青苹果口味，不论是巧克力还是摩卡咖啡味道。如此多的颜色，就好似童年翻开外婆的针线盒，里面五颜六色的纽扣跃然于眼前的感觉。脱下裘皮大衣，披上平民的外套，我喜欢的马卡龙更加耐人寻味。

生活其实本来就犹如这样一枚枚小甜饼，做起来很费时间也并不容易，虽然一口就可以吃进去，但是更多的时候，很多东西需要我们慢慢去品味。

End...

15

美国

×

热狗与棒球文化

American: Hot Dogs and Baseball Culture

Text & Photo / 冰清

▹▹ 假如有一天，你来到美国，一定要去现场看一场棒球赛。一定要像周围老美那样，买个热狗，喝杯啤酒，然后加入他们的喝彩中。那一刻，你才会觉得，真的融入了他们，融入了美国文化。◃◃

暑假里，先生的公司组织去旧金山著名的 AT&T 棒球场看棒球。旧金山的棒球队叫“巨人队”，在美国非常有名，有无数的粉丝，每次比赛，都人山人海。球场坐落在美丽的旧金山湾口，景色宜人，看球是件非常享受的事！

不过，中途休息时去吃东西，我可犯了难。手里一张 25 美元的食品券，却买不到什么东西，满场转，只看见卖热狗的。咦，难道是美国人的传统？看棒球，吃热狗？不错，翻开美国棒球历史，热狗早已成为棒球场的主要食物，而关于热狗的故事也是众说纷纭。

热狗离不开香肠，香肠可是德国人最先做的。早先的版本是纯猪肉的，后来渐渐演变成猪肉和牛肉混搭的香肠。13 世纪，在罗马皇帝的国王加冕典礼上，就有类似今天热狗模样的食物发放给民众。

1870年，移民到德国的Charles Feltman（查尔斯·费尔特曼）来到纽约的科尼岛，开始用马车送德式馅饼给附近的旅店和酒廊。他的顾客希望他也做热的三明治，但是他的车太小，做不了，他就想到做一种更简单省事的食物，于是就试着卖面包夹德式香肠，结果大受顾客欢迎。所以人们普遍认为，科尼岛是热狗诞生的地方。1916年Feltman手下的雇员波兰人Nathan Handwerker（内森·汉德沃克）和另外两名志同道合的人合伙做了前老板的竞争对手，老板卖一毛钱一个，他卖5分钱。他还曾雇过一个名叫克拉拉的女孩，后来被星探发现，成为20年代著名的默片明星。他也是著名的科尼岛吃热狗大赛的创始人，在每年的7月4日独立日这天会有这个比赛。2017年的冠军是一名叫彻斯纳特的男子，他以10分钟之内吃下72个热狗的成绩第10度拿下大赛冠军，打破了之前日本选手小林尊创下的纪录。

另一个说法是热狗的诞生与一个叫Antonoine Feuchtwanger（安东尼·福伊希特万格）的人的妻子有关。1880年，他们夫妇俩人在密苏里州的圣路易斯市卖香肠，怕香肠烫到顾客，就垫着白手套递给顾客，谁想顾客总是把白手套拿走，导致他们的利润连连下降。她后来就想到一招——不再用白手套，而是用面包去夹香肠。他的姐夫是面包师，为他们设计了适合包裹香肠的长条面包。他们把这个新发明叫“红相亲”。在1904年圣路易斯的世界博览会上，他们开始不再用白手套，而改为面包夹香肠的方式，为成千上万的参观者提供了这种吃起来方便而又廉价的食物，深受广大消费者欢迎。

一位叫Harry M. Stevens（哈里·M·史蒂文斯）的人也声称对热狗拥有发明权。他是美国体育公司特许的香肠供应商，在冬季的时候到纽约体育馆卖面包和香肠，他当时把他的食物叫作腊肠狗三明治，但是《纽约时报》的漫画家拼不出“腊肠狗”来，就干脆简称为“热狗”。

把棒球和热狗联系在一起，则要归功于一个德国移民Chris von der Ahe（克瑞斯·冯德赫），他拥有棒球俱乐部和球场。1893年，他开始在自家体育馆把热狗卖给观众。他原本是一个对棒球一窍不通的杂货店老板，凭着敏锐的眼光，买下了破产的棒球队。他把球票价格定得很低，当时只有两毛五一张。他不指望从球票中赚钱，而是希望来看球的人买啤酒、吃热狗，从中赚钱。从某种程度上说，他是今天棒球场经营模式的奠基人。

不管传说如何，热狗毫无疑问是美国最普遍的食物。一个人平均一年要吃掉60个热狗，光是在阵亡将士纪念日和劳动节之间的高峰季节，美国人就要消耗70亿个热狗，这是多么庞大的数字！美国人甚至把每年的7月23日定为"全国热狗日"。

在美国的大街小巷，三步一岗五步一哨，便利店、超市、地铁站、流动小吃摊，你能想象出来的地方都有热狗卖。因为它快捷简单又便宜，走到哪里，肚子饿了，准能找到卖热狗的地方。特别是像7-11这样的便利店，收银柜前总是有个正在转的热狗烤炉，结账时，顾客只要一指正在滚动的香肠，服务员就麻利地夹出一根，往两片面包里一塞就递了过来，非常方便。

美国人爱运动，球迷也多。美国的棒球，有着非常悠久的历史，从1845年就开始了，和热狗诞生的时间差不多，这两样凑在一起也可谓生逢其时。

美国小孩子从五六岁就开始学打棒球。学校里也有校队，打得好的，将来进大学都有奖学金。观看比赛的时候，他们会穿着自己喜欢的球队颜色的衣服，拿着球队吉祥物，到球场为自己喜欢的球队加油呐喊。既然注意力都在看球上，对吃的要求就不会太高。球场供应什么美味精致的食物都不能引起他们的注意，他们只顾看球，哪里顾得上品尝美食，像热狗这样快捷简便的食物是最合适不过的了。

在体育场，香肠除了白色的法兰克福香肠，还有传统的牛肉热狗、波兰热狗等。传统热狗吃的时候加红色番茄酱、黄色芥末酱或绿色酸黄瓜酱；纽约德利热狗则是加了泡菜和特殊的德利芥末酱；法兰克福香肠上面则要放炒得滋滋作响的洋葱丝；辛辛那提最具代表性的是科尼岛热狗，香肠上有由辣椒粉、肉豆蔻、巧克力、肉桂做的调料粉，被很多球迷认为是最优秀的体育场热狗。

热狗中还有一款非常独特的品种——芝加哥三宝之一的芝加哥热狗。普通热狗里夹的热狗肠有可能是鸡肉、猪肉和牛肉等混合肉馅做成的，但是芝加哥热狗必须要用纯牛肉做，然后放黄芥末酱，不能像其他热狗那样放番茄酱，上面放几片生菜、一小撮洋葱、几片番茄、一角酸黄瓜，再撒点胡椒粉。这种热狗诞生于大萧条年代，当时人们都没有钱，热狗只要一毛钱一个。芝加哥人想，贵的吃不起，还不如把简单的热狗做得好吃一些，于是就在普通热狗的基础上加了菜和其他调味料，当时的人们把这叫作沙拉热狗。这种热狗带新鲜蔬菜，算是健康热狗。

吃热狗配啤酒是体育场饮食风格。此外，满场托着棉花糖的小贩也是一景。还有大包炒熟的带壳花生——在平时，很少见到美国人这么吃带壳的东西。他们通常很讨厌剥壳，但是在体育场里是个例外。

后来球场食物又增添了墨西哥玉米片、爆米花、螺旋软糖、冰激凌等，但是热狗的主食地位始终屹立不倒。现在热狗也花样翻新，有些俱乐部的老板还搞出全世界最贵热狗的噱头。这些年，最贵热狗的纪录不断被打破，从 2008 年的 69 美元一个，到 2010 年的 80 美元一个。本来觉得麻州俱乐部那个滚上松露油，撒了牛肝菌和松露片，搭配鲜奶油、鱼子酱和鲑鱼子酱的半磅全牛肉香肠热狗已经贵得很离谱。没想到，后来这个纪录又被打破了。2012 年，在阿肯色州，一个 1500 美元的热狗诞生了，里面有高级牛肉、龙虾尾、番红花等，甚至还放了金箔。这样一个热狗，若不是搞慈善活动，恐怕没人去买，所以只卖出去 4 个。

我还是觉得热狗本是平民食物，就应该回到它合理的价位来。就像街头巷尾的小吃摊，一两美元一份，方便又实惠，当然球场除外，球场的热狗并不便宜，一个也要七八美元。但是，在球场吃热狗，感受的是美国传统文化，一边咬着热狗，一边跟着周围的人一起为球队欢呼呐喊，那排山倒海般的声音就足够震撼，

不在现场的人是无法体验到的，再喝点儿啤酒，怎能不乐翻天呢？

假如有一天，你来到美国，一定要去现场看一场棒球赛。一定要像周围老美那样，买个热狗，喝杯啤酒，然后加入他们的喝彩中。那一刻，你才会觉得，真的融入了他们，融入了美国文化。

End...

16

冰 岛

×

雷克雅未克的晚餐，人生静美

Reykjavik: Wish You Were Here

Text & Photo / 张朴

▹▹ 你可以买一瓶“易拉罐”包装的“冰岛空气”，尝试把这份空气带回家，或者打开“一吸而尽”。◃◃

关于冰岛的旅行，记忆、食物、火山、岩石、温泉，一切的一切都是从搭乘“冰岛航空”开始的。

走进航机，机舱中的音乐来自冰岛，迷幻电子或实验音乐，透露着典型的冰岛特色。宽敞的座位，金发的冰岛空姐微笑着说流利的英语。我觉得一直在往北飞，温度一直在往下降。

空姐递上来的餐巾纸上印着冰岛语，教你用冰岛语说“Napkin”（餐巾纸）——这显然是非常北欧的方式，低调地把文化隐藏起来，在细节上温暖人心。至于第一顿关于冰岛的食物，是在这三个小时飞行中我点的一份冰岛牛肉沙拉。

冰岛货币——克朗的数量非常大，常常让我疑惑价格的高低，这份沙拉标价大约一万多冰岛克朗。沙拉用冰岛特有的一种蔬菜做拌料，在环保纸盒上标明了这种植物的名字，解释为什么冰岛寸草不生，只有这种植物可以用作沙拉佐料。它口感清爽，和传统蔬菜沙拉没多少区别，但薄片牛肉却异常鲜嫩，爽口美味。

飞机着陆冰岛首都雷克雅未克的时候，我看到灰色的海水、被风卷起的雨露，冰岛用雨迎接我。此刻是冰岛夜晚九点，八月的夜幕，机场安静，有着典型的北欧装饰风格。我走到行李领取的区域，下飞机的冰岛人首先忙着在机场大买免税生活用品以及食品，这和我在奥斯陆居住的时候一样：以前每一次旅行结束回到奥斯陆，挪威人总在机场的超市大买特买，无奈北欧都是高税收的国度。此刻，那一份在飞机上吞下的牛肉沙拉好像已在肚中没了踪影。

我继续站在行李领取处等行李，墙上有一幅冰岛服装宣传广告画——飘然寒冷的意境。我忽然很感慨：“我就这样孤身飞到了冰岛。”走出机场前，我用250欧元换了38000多冰岛克朗，冰岛克朗印制精美，硬币上有冰岛鱼的图案。我按照预定的机场巴士路线前往雷克雅未克市区的旅店，房东只是把钥匙放在门口。我和一个日本女生聊天，她在丹麦念博士，这几日和她的丹麦男友来冰岛旅行。

在清晨，房子窗外，总有猫来来去去……

第一日起床，雷克雅未克的天色灰暗。早饭相当简单，从慕尼黑买来的面包还没有吃完，我让冰岛的早晨变得很轻省。随后，我出发去雷克雅未克著名的 Blue Lagoon（蓝湖）泡温泉。我坐在大巴车上，黑色火山岩上偶尔生长出的苔藓是路途上唯一的绿色。那份旷远和荒芜的气质一直伴随着我们的车程（包括后来的旅程中也是如此）。

我思忖，乌云下的火山岩地貌，其实很适合拍摄时装大片，我连模特的衣服和妆容都想好了。坐在我身边的美国老人得知我孤身来到冰岛旅行不禁发出感叹："换了是我，我是绝对没有动力一个人上路的。"

我记得我在蓝湖泡完温泉，也只是简单地在餐厅吃了一些零食，好像食物成为第一日旅行中可有可无的东西。记忆中，我走进大瀑布 Cullfoss（古佛斯）前看到一条公路，仿佛没有尽头，天空偶然出现的蓝色，让这条公路变成了一种美好的寄托。我坐在这条公路中央拍照，美国游客 Eddie（埃迪）和我聊天，后来我才想起，原来那一条公路的印记其实可以被叫作“In the Middle of Nowhere”（不知身在何处）。王家卫在《春光乍泄》里描述的放逐的布宜诺斯艾利斯以及围绕在那种永远的行走和迁徙的氛围之中的潸然，我在冰岛和这样的氛围相遇。

虽然我对于大自然的鬼斧神工只有 70% 的兴趣和 60% 的热度，但冰岛呈现的神奇已深深打动我。此刻，长途旅行的客车行驶在冰岛无尽的公路上，我觉得饥饿，只能在巴士停靠的路边餐厅，买一个汉堡包或者三明治充饥（超市中的三明治大都是冷的），整个过程像一部美国公路电影。我在这些绵延的公路商店，或是加油站、游客休息的商店看到冰岛出产的手工编织毛衣，还有很搞笑的罐装“冰岛高山空气”。你可以买一瓶“易拉罐”包装的“冰岛空气”，尝试把这份空气带回家，或者打开“一吸而尽”。

回城的客车行驶顺利，这一程，有成片的湖泊和海洋，以及那些帅气可爱的冰岛马。随手看到杂志介绍的雷克雅未克餐馆，心念选定一家，今晚一定要吃一顿富有本地特色的优雅的晚餐！这家餐馆刚好离巴士站不远，只需小走几步，且可以沿着雷克雅未克的海港走。远处是山峦，清亮沉重，仿佛是一个地球之外的居所。

我选择的这家餐馆叫作 Mar.（三月），采用典型的冰岛食材，主要是以冰岛产的鱼为主，烹饪手法又是南美和南欧的风格。服务生腼腆又专业。我大约是今晚以前很长一段时间内唯一进入这家餐馆的亚洲人吧，所以服务生有点儿诧异，但是落座之后，简单的英语交谈让一切又变得很家常了。室外温度好像国内的深秋，室内则洋溢着满心温暖。

从我坐的位置可以望到窗外的海港，下着淅淅沥沥的雨；正好遇到一群在餐馆举行工作晚餐聚会的俄罗斯人，气氛热闹，但不吵。我研究了菜单点了前菜和主食，花费 7100 冰岛克朗（约合人民币 380 元）。

前菜是蔬菜菌类，配煎的鱼肉。主食则是一道牛排，我非常喜欢牛排的口味，配合了稍微加热的橙肉，有果香，牛排下面的土豆泥混合了奶酪，香甜无比。我把这顿晚餐当作一个人旅行当中的美好享受……

在冰岛的旅行中，关于味蕾的记忆还有在超市买冰岛产的牛奶和奶酪——每到一个地方旅行，我总是迫不及待地尝试当地产的牛奶，让一个早晨用当地的牛奶唤醒。我在第二日仔细游走于雷克雅未克城中，曾于大雨中走进市中心的一家以冰岛出产的鱼为主题的餐厅小坐。餐厅里只有两位冰岛姑娘打理，你只能选择每日准备好的鱼肉，属于定食。我也不计较，只想在这里休憩，吃了一份煎鱼简餐。这家餐厅安静不已，收音机里响起了美国乡村音乐，宛若已经把时代、味蕾搅浑并且模糊，让人狐疑，旅行真是一次混乱的逃跑。

我还记得第三日去了冰湖观看那些千年凝结的冰川，我在漫长的旅途中沉睡，身旁是陌生的旅伴。当我回到雷克雅未克，已经接近午夜。我快步找到前日看好的一家亚洲面馆，走进去快速点了一份米线，驱散旅途的寒意和困倦。

餐厅外响起了如潮的欢呼声，这是雷克雅未克夏末文化夜的高潮——海边绽放的烟花，点亮了雷克雅未克的夜空，餐馆的服务员、厨师都跑到街头向着烟花欢呼。我被这样的热情感染，吃了几口米线，也跑到餐厅外欢呼。这碗亚洲口味的米线，确实温暖无比。

在我即将飞离雷克雅未克的中午，依然雨水相伴。我要了一份鲸鱼汉堡，生平第一次尝试吃鲸鱼肉，味道却并非那么可口。鲸鱼肉实在太硬，难以咀嚼下咽。此后，我坐在从雷克雅未克返回伦敦的冰岛航班中，旁边的美国老人给了我一个产自丹佛的巧克力布朗尼，我细细咀嚼，觉得真是好味。我从空姐那里买了一本《Iceland Small World》（冰岛，小世界）相册（2400冰岛克朗），小巧精美，我把它放在我的书桌上，闲时翻阅，偶尔想起和怀念这些冰岛的吃食味道，它们都和经历有关，人生静美。

End...

17

英 国

×

伦敦苏活区，平行空间美食漫游指南

London Soho: The Foodie's Guide to the Delicacy Universes

Text & Photo / 秦孟

▹▹ 这家咖啡馆小到坐不了二十个人，所以最好识相点儿买了快走。店里挂了块牌子：“没有名片，不想花钱。没有 Wi-Fi，随便找个人说话吧。” ◃◃

伦敦苏活区，同所有文明一样，这里经历了三个可以清晰辨识的阶段——生存、质疑和诡辩；也完美地回答了哲学的三个终极问题——早上吃什么？中午吃什么？晚上吃什么？

时间、心情、旅伴、天气，任何一个变量，在这里都能带来不同的美味新体验。

摄影师和生火腿渍茄子帕尼尼

4 月 25 日，阴

阴却明朗的天，灰色透光的云，有微风。戴墨镜可以，戴呢帽也可以。拍摄间隙有一个小时的工作餐时间。意大利小馆 Tuscanic Merende（托斯卡纳）深棕色餐巾布的致密手感在召唤。

此时此刻，摄影师坐在托斯卡纳小巧的店铺里，没有靠背的藤面小凳、刨得光亮的木头桌子、闪着亮光的铜制灯罩。一截 Finocchiona（香肠）的剖面、一颗有棱角的牛番茄的顶部、一块 Ricotta（手工羊乳酪）上纱布的痕迹，都被照成黑白肖像放在奶白色的背景上镶在黑色细木框里。房间最里面的货架上有三四个品牌的红酒、三四种腌菜（装在玻璃广口瓶里，盖着淡金色的盖子，贴着整齐的白色标签）、深色浅色的小瓶果泥、干燥了的意大利通心粉、橄榄油和醋。都是店主从意大利西南部托斯卡纳的农户家精心挑选来的。摄影师想，今天是不是应该带一罐无花果酱回家呢？

午餐上桌，是生火腿渍茄子帕尼尼。穿着白色棉布衬衫的侍者的意大利口音听起来圆滚滚的，深棕色的围裙跟餐巾布是同样的材质。他会仔细问你的喜好，亲切地微笑，然后时不时搞错。

生火腿被片成刚刚好的厚度，玫瑰花瓣般的淡粉色和白色，表面干燥。嚼在嘴里的口感韧韧的，甚至有一点儿像塑料，会在牙齿间滑开。然后是油脂内敛的香气、猪肉的咸味和橄榄油让人捉摸不定的清香。帕尼尼用的 Focaccia（面包）和普通三明治不同，口感更像比萨的饼皮，烤制前表面涂抹了油和盐，切开之后夹入材料再放进双面饼铛加热，咬下去酥烫之余还品尝得到细盐的颗粒。茄子，茄子很重要。去皮的长茄子切成厚片浸在放了香料的橄榄油里直到变得皱皱软软的，吸满了好味道。在店里点香肠火腿奶酪拼盘时，配菜不是一小碟渍茄子的话真的会很失望。

下午还要工作，酒就算了，晚上跟朋友来的话，一杯红酒再加些奶酪也是完美。旁边一桌意大利游客大声地跟侍者聊着天。大半个帕尼尼下肚，饱了，好像不用咖啡或甜点结尾，这样就很好。

索菲亚在米其林餐厅的半浪漫约会 ⊕ ⊕ ⊕

9月6日，晴 ☀

“跟你说啊，上周伊森总算约我出来了。”索菲亚边脱外套边说，虽然是在公司附近，平价的米其林一星餐厅我觉得还是挺得体的。就在 Soho Square（苏活广场）往南顺着 Firth 路走一点，叫 Arbutus，创新西式料理。我们去的时候门口已经有人在排队了。“对，就是那个墨绿色的店面。他提前定好了位子，有点儿细心，加分。”索菲亚笑了。

“都是应季菜品，我点了 Early Autumn Squash Velouté （法式南瓜浓汤），中间有一颗半透明的 Soft Poached Egg（温泉蛋），撒了烤得酥酥的整粒荞麦，还有一些香味独特的干菜叶碎。伊森说那是万年青，我没吃过万年青所以不知道。虽然是小点缀，但跟南瓜、奶油和蛋黄的香味配起来很美好，口感也不无聊。惊喜的是汤里还藏了一些酸酸甜甜的东西，开始我以为是 Sun Dry Tomato（番茄干），结果竟然是 Pink Grapefruit（粉红葡萄柚）的果肉！”

“伊森还让我尝了他的 Hand Chopped Scottish Beef Tartare（鞑靼生牛肉），听起来有点儿吓人，但是完全不会觉得是在吃生肉。他记得我不吃小萝卜，还替我挑了出来。加上烛光和白酒，气氛很好。”索菲亚可爱地耸了耸肩。

“主菜啊，Silver Mullet（煎胭脂鱼）实在普通。配菜的胡萝卜泥总觉得跟头盘的南瓜重复了。除此之外还放了整根的茴香和香菜，不是很搭。创新菜嘛，总有踩地雷的时候。所以我专心跟伊森聊天来着，不过这家伙一直说公司的事，我这样放电他好像也没收到。”她眯着眼比画的样子很好笑。

“哦，甜点，你一定要去尝尝。那么清爽的 Classic Panna Cotta（香草奶布丁）我可是第一次吃，很浓又很细腻。白白的布丁放在透明的玻璃碗里，还能看到一小粒一小粒黑黑的香草子，上面放了掰成小块的 Almond Crumble（杏仁饼干）和……你一定想不到，新鲜的 White Peaches（白桃碎）。我正吃得开心，伊森说看我满意就松了口气，因为知道我口味挑剔，所以问了朋友才精心选的这家。然后我有点儿感动，说谢谢他这么花心思，下次请他吃日本菜。再然后呢？再然后就没啦，你说这算不算浪漫约会啊？”

“半浪漫吧。”我说。

难搞的吉他手也说好喝的独立咖啡店

11月29日，雨夹雪

约了出名难搞的吉他手周末喝咖啡。他从来不去连锁商店，不吃非有机食品，不买任何未经世界公平贸易组织认证的商品。他加入民间组织反对过度消费，反对寡头垄断，反对血汗工厂，反对工业化农业。

“我不去星巴克哦！”他发信息说。“知道，Flat White 总可以吧。”我回了个白眼。Berwick Street（贝利克街）上这家咖啡馆小到坐不了二十个人，所以最好识相点儿买了快走。店里挂了块牌子：“没有名片，不想花钱。没有 Wi-Fi，随便找个人说话吧。”然而所有官方非官方的好咖啡排行榜上一定有它。不管多冷的天，门口的长椅上都会坐着几个苏活区最时髦的年轻人。早上来的话不冻上十分钟别想喝上这口儿。有事没事还停业装修。

一落座，吉他手就开始声讨麦当劳、宝洁、卡夫。“是是是，说得对。”我敷衍了一下，然后问：“作为一位不合时宜的老土嬉皮士，话这么多真的好吗？”他马上回嘴：“你说的嬉皮士那是迷思，是集体无意识，是情感缺失，跟深不深沉都没关系。我是一个有想法的人，甭管多隐秘多肮脏，有想法就得表达，这是宇宙赋予我的责任，不表达无益于保持纯洁的灵性。”“得得得，灵性都出来了。您哪儿是看什么都不顺眼的南非诗人啊，您整个一胡同喷子。”

他刚要问 Hutong Spitter 是什么，咖啡上来了。看起来简朴到无聊的样子，抿上一小口保证根治所有不服。咖啡豆烘焙得恰到好处，怪不得一水儿评价都是完美。现磨现泡真的是保证好味道的基本，苦、香、纯、浓。牛奶也绝不含糊，打出来的奶沫轻盈浓密，是我这种不喝咖啡的外行也品得出的好滋味。

“现在你有什么想法要表达吗？”我问。他小胡子上沾着泡沫，咧嘴一笑，说：“好喝”。“还有一家1997年开业至今一直没变的小饭馆也很适合你。”我指了指马路对面的Beatroot Vegetarian Cafe（甜菜根素食餐厅）。这次纯粹是为了装好人，没有要讽刺他。

THE END……

以上不过是远古至今无始无终一团迷雾中的虚幻瞬间，对于哲学的三个终极问题，苏活区还有很多答案，每个人都有很多答案：充满美式张扬的Ed's汉堡，一百四十多年历史的法式甜点老店Maison Bertaux，可以做成花朵的手工意大利冰激凌Amorino，还有泰国菜、日本菜、越南菜、中国菜、西班牙菜、墨西哥菜、土耳其菜、印度菜……

:

End...

18

美 国

×

曼哈顿老友记

America: Manhattan Friends

Text & Photo / 纽约桃花

▷▷ 纽约的餐馆多如牛毛，藏龙卧虎的好地方相当多，最好有一个像 Natalie 这样的纽约客带着去吃喝。纽约当地人不喜欢那种金碧辉煌的餐厅，而更愿意去小巧精致、装潢让人舒服同时又眼前一亮的地方。◁◁

Natalie Warady（娜塔莉）是我之前在纽约电视公司共过事的同事和朋友，这个名字总让我想起苏联小说里的女主角，眉眼轮廓鲜明，个性外向倔强，美貌与能力并重。Natalie 还真是这样，柔美的外表下一副倔强的性格，说起话来眉飞色舞，语速极快，整个人充满了激情。我们十年没有见面了，那天我发短信给她的时候，她一连三个“OMG”，这让我马上与自己熟悉的时尚女汉子对上了。

Natalie 住在纽约市 Inwood（因伍德）。这是曼哈顿最上角靠近布朗士的一个区域，三面被哈得逊河环绕，与纽约近郊威彻斯特郡的杨克镇只有一桥之隔，是一个百年老区，住的都是爱尔兰移民的后裔。因为离曼哈顿市中心很远，因此这里看上去像郊区，有一种与世隔绝的疏离和清静感。

我开车来到她家的楼下居然没有找到停车位，只好告诉她我已经到了楼下。十年未见，我心里面好奇彼此见面的感觉是否依旧。当看到古铜色皮肤的 Natalie 一身黑衣的打扮走出来的时候，我发现她一点儿都没有变。

我们在街上转了一大圈都没有找到停车位后，她一边道歉一边坚持让我到她认识的车库停车，说要带我去她家附近一个很棒的地方吃午餐。这就是

Indian Road Café （印第安公路咖啡店）。

Indian Road Café 在 Inwood 一个公园附近的小街上，这家餐馆的老板之一 Rachel 是 Natalie 的朋友兼客户。她出版过一本《调酒师手册》，目前又在整理自己新研发的鸡尾酒调制方法，打算写成新书。当天 Rachel 给我们调了一杯名叫 Smoke Margarita 的鸡尾酒。Natalie 说，她很少喝酒，但是 Rachel 调的鸡尾酒值得一试。我尝了一小口，味道果真不一般，充满了精致的柠檬香熏味道。

两人之所以认识，缘于 Natalie 的时尚和审美。Rachel 想把餐馆重新装修一下，从事室内风格设计多年的 Natalie 自然成为设计师的主要人选。虽然 Natalie 从来没有学过设计，但她很有天赋，她参与创意的很多室内设计皆已成为装修杂志上的样本。Natalie 最早在芝加哥的 WGN-TV 电视台工作，她参与制作的一部纪录片《Battleground for Hope》获得过艾美奖的提名。之后，她搬到巴黎生活了两年，从事网上设计和文化活动的工作。再后来，搬回纽约从事媒体咨询顾问的工作。我和她就是在纽约一家日本网络电视台工作的时候认识的。

从 2002 年开始，Natalie 开始从事杂志编辑的工作，专门负责时尚家居的栏目。她在很多时尚杂志如《Budget Living》《InStyle Home》以及《O at Home》等做过创意编辑。

点菜的时候，我们纠结了一会儿。像很多纽约人一样，Natalie 只能吃 Gluten-free 的食物（没有任何麦类做的食物），欧美很多人对麸质过敏，因此只能选择没有麸质的食品作为一日三餐的食物。这几年，随着无麸质饮食法的流行，很多瘦身人士也选择无麸质饮食的方式来减肥，因此，蔬菜和肉类一般是首选。但是 Natalie 不喜欢吃肉，Rachel 力推 Spring Salad。Natalie 点了经典的 Tomato Basil（番茄紫苏香草汤），让我一起分享。说实话，虽然番茄紫苏香草汤在纽约很流行，但我却不喜欢，可没想到的是，这个番茄紫苏香草汤却如此合我胃口。红色的草莓环绕着具有纽约特色的 Arugula Salad（麻菜沙拉），甚为好看，吃到嘴里也清新无比。如果不是 Natalie 带我来，我无论如何也不会找到这个地方。纽约的餐馆多如牛毛，藏龙卧虎的好地方相当多，最好有一个像 Natalie 这样的纽约客带着去吃喝。

关于纽约美食，Natalie 向我推荐了纽约下城 SOHO（苏荷区）的泰国餐馆 Uncle Boons 和纽约大学附近的甜品连锁店 Crumb。

因为 Gluten 的原因，Natalie 只能放弃面食，改吃米饭，因此亚洲餐成为她的首选。喜爱 Uncle Boons 的原因除了地道的泰国口味之外，带点历史怀旧感的装饰也是吸引 Natalie 的原因之一。纽约当地人不喜欢那种金碧辉煌的餐厅，而更愿意去小巧精致、装潢让人舒服同时又眼前一亮的地方。Crumb 是一家专门以制作纸杯蛋糕在纽约出名的甜品店，因为他们出售给只能吃 Gluten-free 食物的人吃的纸杯蛋糕。Natalie 目前接受了给美国著名的糕饼店“Mrs Fields（费尔斯太太饼干店）”做形象设计的工作。几十年来，Mrs Fields 从费尔斯太太于 1956 年创办的一个小甜品店已经发展成大公司，但是它的形象因为过于保守而有了祖母级的感觉，无法与新颖的时尚甜品店媲美。所以，公司的高层决定聘请 Natalie 来进行整体的改变。因此，Natalie 经常浏览纽约的各种甜品店，品尝美食的同时，也吸取创意灵感。

“改变人的思想和眼光是一件艰难的事情，很多人不把创意当回事，殊不知如今就是创意区别开了很多产品。”Natalie 说。

离开了 Indian Road Café，我们回到她的小公寓。这间公寓是 Natalie 和她前夫共同买的，结婚 11 年之后，两个人分手，公寓暂时归 Natalie，现在两个人准备卖掉后分钱。Natalie 告诉我她的 11 年婚姻简直过得浑浑噩噩，她忙得成为一个工作狂，与前夫最终形同路人，所以分开对彼此都有好处。

“I don't give a fuck（我才不在乎别人怎么说）!”Natalie 说起她的人生的时候总结，“我只为我自己过日子，怎么高兴怎么过！”其实，从我认识 Natalie 那天起，她就是这样一个无拘无束的纽约人。那时候，她还没有结婚也没有固定的恋人，过着悠闲的单身生活。有一次她告诉我，她有过二百多个性伴侣的时候，我惊讶得连下巴都要掉了下来，当即把她归入《欲望都市》里的 Carrie 一类。当我告诉她我对她的一贯印象的时候，她开怀大笑：“真的？你把我当成 Carrie？”声音里满是惊喜。

同很多住在市区公寓的纽约人一样，Natalie 在纽约以北新英格兰地区附近的新罕布什尔州的乡下也拥有一幢小房子，周围都是农场和田野。每逢周末，Natalie 就会开车去她的乡下小屋度假。她还在房子旁边开了一片田地，种水果和蔬菜，平日里吃的很多蔬菜和水果都是从自己的土地上收获的。她说：“回归自然是在大城市生活久了的人们的本能需求。”

:

End...

19

日本

×

米其林餐厅，美食即修行

Japan: May Tasty

Cuisines Brings You Peace

Text & Photo / 中午十三点

▹▹《米其林指南》被誉为美食界的“红色圣经”，它由独立调查员的形式对餐厅和酒店进行探访，并以一星、二星、三星的级别给予评价。一星概念为“在同类餐厅中做得较好的”；二星概念为“即便是绕远路也值得一去的餐厅”；三星为推荐的最高等级，代表“值得专程为之制定旅行计划前去品尝的最佳餐厅”。◃◃

怀石料理是最具代表性的日本料理，怀石料理讲究充分使用每个季节、时令的食材，并让食材呈现自身的原味。因为怀石料理极端讲究精致，所以食物的呈现有着一定的步骤。一般认为，怀石料理共分为十大步骤：

① 先付 ▸ 先付け［Sakizuke, さきづけ］

开胃的小菜，调味轻盈和质感清新是其主调。

② 八寸 ▸ 八寸［Hassun, はっすん］

前菜。应季节性主题而推出的时令菜色，通常为一种寿司与几道较小份的小菜组合。

③ 向付 ▸ 向付け［Mukouduke, むこうづけ］

一般以三种海产品为主，每种三片制成刺身拼盘。

④ 盖物 ▸ 盖物［Futamono, ふたもの］

用有盖的食器装盛的食物，通常为汤，或用茶碗蒸。

⑤ 烧物 ▸ 焼き物

[Yakimono, やきもの]

季节性的鱼类烧烤。

是鱼类、海鲜以烧烤方式制成的主菜，味道浓郁，而且会搭配渍菜、烧银杏、醋莲藕等小菜一起食用。

⑥ 炊合 ▸ 炊き合わせ

[Takiawase, たきあわせ]

是将蔬菜、肉、鱼、豆腐等食材切小块，小火慢煮的主菜。一般由两三种蔬菜搭配一种肉或鱼鲜制成，有时会加入面筋、腐竹或豆腐。要求每样食材在保持原味的同时必须形状不散、不碎。

⑦ 强肴 ▸ 强肴

[Shiizakana, しいざかな]

也叫合肴、间肴或进肴，一般为烤制或煮制的牛肉、禽肉、鱼等，是最后一道主菜。一般以蒸煮的方式制作。

⑧ 御饭 ▸ 御饭

[Gohan, ごはん]

也叫食事，顾名思义就是主食。

代表宴席进入尾声，一般是加入蔬菜、鱼鲜、坚果等一同蒸制的米饭。

⑨ 留椀 ▸ 止碗

[Tomewan, とめわん]

酱汤，以大酱为主料的汤，会放入豆腐、葱花，有时候还有海鲜、菌类等，它是整个宴席的第二道汤菜，同食事一起呈上，其汤就是日本人天天必吃的味噌汤。

⑩ 水果子 ▸ 水物

[Mizumono, みずもの]

餐后甜点，蜜瓜、葡萄、桃等甜美多汁的传统高级水果。到此整个宴席就此结束，果子是指水果或者日式点心，搭配抹茶一起呈上。

在维基百科中，怀石料理分为十四个步骤，除了上面说的十大步骤，还有：

❶ **酢肴** ▹ [Suzakana, すざかな]

以醋腌渍的小菜。

❷ **冷钵** ▹ [Hiyashibachi, ひやしばち]

用冰镇过的食器来盛放熟食，可有面条、凉拌时蔬、虾蟹肉等。

❸ **中猪口** ▹ [Nakachoko, なかちょこ]

酸味的汤。

❹ **香物** ▹ [Kou no mono, こうのもの]

季节性的腌制蔬菜。

实际上，这些东西已经包含在上面的十大步骤之中。以上资料，由编者引用自互联网，基本涵括了日本料理的各个步骤的名词解释。

かいせきりょうり

米其林在2008年推出了亚洲第一本《米其林指南·东京》，而如今东京共有12家餐厅被评为三星餐厅，在单个城市中为全球最多。目前，米其林每年更新《东京》和《京都－大阪》这两本指南，还发布了北海道、宫城、横滨、川崎、湘南、富山、石川、兵库、奈良、广岛、爱媛、福冈、佐贺、熊本和大分15个地区的特别版指南，并先后推出三本特别版《北海道》《广岛》《福冈－佐贺》。如果你想体验日本料理的精细极致之美，那日本的米其林餐厅是比较专业的选择。下面就重点介绍几家不同的日本米其林餐厅。

① 龙吟：新日本料理（米其林三星）★★★

将传统日料与分子料理结合，是龙吟独树一帜的料理风格。曾在网上被人们广为转发的龙吟主厨料理短片，便因其精雕细琢、耗时耗力，被人们惊叹。

龙吟的主厨山本征治，是日本香川县人，1970年出生。他早年师从日本著名料理人、德岛青柳料理店店主小山裕久，练就了一身扎实的料理本领。2003年，山本征治在东京六本木创办日本料理店龙吟。龙吟起步就是米其林两星，如今更已荣升为米其林三星餐厅。

龙吟餐厅位于六本木的一条小巷内，晚餐阶段实行套餐制。2014年日本消费税增税后，他们的套餐收费是每人27000日元（约合人民币1560元），再加10%服务费（包间的服务费则为15%）。入座后，一个信封内装着当天的菜单。如果点日本酒，服务生会让你挑选日本酒杯，全部是江户切子（1834年起源于江户的一种水晶和玻璃的切割、磨制工艺，因使用纯手工，所以作品精美而珍贵。这里代指这种精美工艺制作的器皿）。

然后整个套餐就按照步骤开始了。

首先，开胃菜是松子酱时蔬和蛋液煮海胆。

正统日本料理的核心就是食材取自当季，这也是小山裕久在其著作里反复强调的。日本神道教倡导人与自然的和谐，这点在这道前菜上已有体现。

八寸部分，是烤白子和蒸鲍鱼。而对于白子，了解日料的人应该很熟悉，即鱼的精囊，一般用醋腌或者烤，常见的是鳕鱼和河豚鱼的白子。

接下来是煮鲍鱼。看上去做法很简单，然而，你会从中发现一个细节——如同果冻一般的胶状调料，吃上去是酸的。这种调料在日语中称作“ジュレ”，可以直接翻译为果冻，添加醋后成为果冻醋。小山裕久曾解释过这种做法，在调味时如果直接用醋，客人入口会觉得很酸，但酸味在口中很快会消失，不能持久回味。为了改变这个微小的细节，料理职人们想出用“果冻”状的醋入菜，使之慢慢在客人口中溶解，既可长久回味，又不至于入口太酸。正是这种对于细节的孜孜以求，造就了极致的味觉体验。

然后是一道煮物：煮车虾。呈上这道煮物前，服务员提前就介绍说：接下来要呈上的这道菜的主要食材——虾，现在还是活的，一直要在呈上前两分钟才杀死，而且这两分钟内要完成拆虾，打成虾饼、蒸煮、入高汤、上菜等步骤。

之后便是大众喜闻乐见的生鱼片了，看到这个盘子时，我有点儿被惊艳到。

接着是备长炭烤物。再就是盖物，吸盘君，用白味增煮。味道就不用说了。

主菜是阿苏产和牛。这个菜有两个地方让我很好奇：一是，这里的和牛用的是寿喜烧的做法，可是我吃过关东、关西不同做法的寿喜烧，却没见过这样的寿喜烧做出来的牛肉；此外，搭配的蛋，外面是焦的，里面居然还是半生的。

主食则为新潟产大米烧的鸡肉饭。

最后该上甜品了，也是龙吟中最折腾的料理——超低温制作的甜品。我去用餐的那天，甜品是金橘，呈上来后，服务员会给你一个勺子，要你自己敲一下，然后再浇上果肉食用。金橘裂开的瞬间，心都要敲碎了。神奇的外壳入口即化，还会如小时候吃的跳跳糖一样，在嘴巴里跳起来，制造复杂惊喜的口感。

这还没有完，还有甜品之二，是非常棒的起司蛋糕，居然是用清酒制的，冷清酒冰激凌，热清酒蛋糕。再配以一道抹茶，这才算是完美收官。

不过在该店用餐最大的彩蛋还在后面：当我埋单完毕，三位服务生帮我套上外套，送我出门时，一个穿厨师工作装的人忽然跑到门口——我都没注意他是从哪里冒出来的——但定睛一看，是主厨山本征治。他客气地说："今天用的是冬季菜单，以后菜单还会调整，欢迎再次光临。"告别时，他深深鞠躬直到我走远。回来后再看了山本的纪录片，原来他坚持每位客人都亲自送走。

2 菊乃井本店：怀石料理、京料理——（米其林三星）★★★

从历史或传统文化角度来看，京都更像是日本的中心。而一座城市的料理总是和这个城市的风格相匹配的，因此，传统日本料理——怀石料理、会席料理、京料理就成为京都的招牌之一。这在《米其林指南》中也有反映，京都的高星米其林餐厅绝大多数是传统日本料理。

菊乃井本店位于东山脚下，高台寺边。相传丰臣秀吉的第一位妻子北政所用此处的井水泡茶，冒出的井水就像菊花一般，此井便被命名为菊乃井。菊乃井周围居民非常爱护这口井，并开始使用井水做菜煮饭经营饭店及旅馆。1912年，专营日本料理的菊乃井在现址开业，现已传至第三代村田吉弘。自《米其林指南·关西》诞生以来，菊乃井本店就一直是三星评价。

东山虽算著名景点，但菊乃井本店在一处小巷深处，闹中取静。

抵达时，门口的店员早已等候多时，而这位负责帮你存放鞋的老爷爷，也是整个用餐过程中唯一出现的男性店员。在玄关处，三位正坐的侍女向你致意，礼节周到。脱鞋后便被引入个室，店员举手投足间透着高贵的气质。

全店均为个室，且均能看到庭院，个室与庭院间不过隔了一层玻璃。而玻璃的干净程度，就是没有提示的话一定会一头撞上去的那种。

入　座

首先呈上薄茶，当日菜单放于左手边，午餐的怀石是八寸、四道菜、主食、止碗、香物、水物的套餐。

正统日料中料理的时令感是非常重要的考量，这点必须在先付、八寸中通过食材、摆盘、器具体现。因此，评价一家正统日料的水平，看一开始上的菜就可以知道了。这块大绘马牌（日本人写了心愿献给神社，以求心愿达成的牌子。最早上面绘着马匹，所以叫绘马牌）上的料理是：手网寿司（日本传统寿司的一种，在北美很流行的“摩托罗拉”卷寿司即是参考了它的做法）、白鱼柚香煮、梅豆腐、葡萄豆、叶山葵及辛子时蔬。左边的小盘内是冷酒，开胃酒，含在套餐内的。

向　付

即手造、生鱼片，午餐的向付比较简单，只有两种鱼，金枪鱼刺身、鲷鱼，佐土佐酱油（即添加了柴鱼高汤的酱油）。土佐酱油非常清淡，完全可以感受到生鱼的甘甜口感。正统日本料理中生鱼片都是非常少的，是用来感受季节性的海幸。然而，近年来由于台式日料的影响，生鱼片切的多而厚在国内十分流行，其实这根本不能称为日料，不过海鲜自助餐罢了。

煮　物

冬季是关西一带品尝鸭肉最好的时候。这道煮物里有鸭饼、九条葱、草饼、慈姑配高汤煮成。有意思的是，慈姑被做成绘马样式。这道料理所用的漆器上写着“嘉永岁制”，即嘉永年间（1848—1853 年）制作，距今已有 160 余年历史。

烧　物

烤鲽鱼配煮蜜橘。强肴主菜上场，是一道火锅。汤底是酒柏，调料是醋，煮菜有鰤鱼、白豆腐、京都冬季名产可谓萝卜之王的圣护院萝卜、金时萝卜，当然还有不可或缺的九条葱。主食是穴子（即星康吉鳗）蒸饭。在日本料理中，一般在盛夏食用河鳗，意为补充元气，而穴子较多用作配菜。配牛蒡汤，牛蒡处理得没有一点儿药味。

水　物

草莓冰激凌，浸在莓汁中，上盖莓肉，口感极棒。最后，以一道抹茶和果子收尾。

用餐中，女将前来打招呼，由于看过其他人在菊乃井的用餐经历，猜到应该是村田吉弘的长女村田紫帆。村田紫帆从小在京都长大，曾担任过京都重要祭典葵祭的斋王代。用餐毕，店员和女将一起将客人送至门口。

3 寿司岩（鮨 いわ）：江户前寿司（米其林一星）★

寿司，几乎是日本料理给人的第一印象。在日本，寿司有关东江户前寿司和关西押寿司两大流派。此外，还有在一些地方特有的乡土寿司，如冈山散寿司、京都鲭寿司、新潟筱寿司。据观察，在中国罕见制作押寿司乃至其他小众寿司的料理店，最多的就是江户前寿司店了。早先江户前寿司不过是小贩摊和大排档的庶民食品。但随着渔业、冷藏、物流的发展，寿司配菜使用高档、时鲜鱼生成为可能，而日本的寿司职人也在看似再简单不过的寿司制作上做到了极致，随之成本也变得很高。所以，一家地道的江户前寿司店，一定是价格不菲的高级料理店。

寿司岩（鮨 いわ）隐藏在银座的一条小巷内，小店只有一张吧台，六个座位，两个寿司师傅：一个相当年轻，会英语；一个稍年长，是店长岩央泰，小店就是以他的姓氏命名。总的来看，两人都算年轻人。

金枪鱼刺身

这味刺身最令我惊艳，我从没见过这样晶莹透亮的金枪鱼刺身。后来，我在大间金枪鱼的故乡青森吃到了大间鱼的刺身，却是另一种牛肉样的质感。由此可见，金枪鱼的时令和产地实在太有讲究了。至于这枚刺身，看上去没脂肪，却比一般所见的大腩都更入口即化。回国后，我专门拿着照片去问过上海高级寿司店的板前师傅，一位前米其林推荐餐厅的料理长，他说这片刺身是熟成后用酱油渍过的。

乌贼寿司

帅哥师傅拿出一片很薄的乌贼，然后在我们张大嘴巴的感叹下，将这片几乎已经无法再薄的乌贼又切成三层，最后剁碎，捏成寿司。最关键的是，看着木鱼汁在乌贼肉的缝隙里流动，小伙伴居然没有散。

鲣鱼寿司

鲣鱼，高知县特产，因为鲣鱼十分容易腐败，高知当地将鲣鱼表皮稍微烤熟后呈上，いわ（寿司岩）的这枚就是高知做法。鲣鱼有上下行之分，在日本，夏季食用的鲣鱼是沿着日本列岛南下的下行鲣鱼，油脂丰厚，入口滑顺。然而，如果在春末夏初前往日本的话，在寿司店请不要错过上行鲣鱼了，即沿着日本海一侧北上的初鲣鱼。与夏末秋初的下行鲣鱼相比，初鲣虽脂肪含量逊色，但有着很好的弹性和口感，那种被形容为充满活力的感觉使上行鲣鱼成为传统中最好的鲣鱼。

④ 炸猪排割烹猪排膳食（とんかつ割烹 かつぜん）：炸猪排（米其林一星）★

炸猪排算不上传统和食。日本历史上有很长一段时间国民是基本不碰“红肉”的，自明治时代逐渐开放肉食禁令后，以牛肉、猪肉为主要食材的西餐化饮食在社会上流行起来。明治后的大正年间，用天妇罗料理的方式，在猪排外裹着面粉油炸的炸猪排逐渐受到国民欢迎，和炸肉饼、咖喱饭一起被称为大正三大西餐延续至今。所以无论在日本哪个城市，总能见到炸猪排店、炸猪排盖浇饭店。

然而炸猪排这种B级美食，要入选米其林是很难的，可确实有职人做到了，那就是日本五本《米其林红色指南》中唯一入选的炸猪排店——东京银座的炸猪排割烹猪排膳食。

该小店位于东京银座一栋商场里，店里只有吧台，是一家家庭料理店。这里的猪肉全部采用鹿儿岛上等黑豚，酱料秘制。而且光酱料就有好多种，里脊和猪排的酱料是不同的。看了菜单，中午有定食，于是点了猪排套餐。

先上了前菜，香物、醋物、猪肉片色拉。

猪排呈上，尝后，眼泪都要流下来，虽然不都是肥肉，但却有入口就化掉的感觉，小当家那种周围冒星星的感觉来了。回来后，真的再也不要吃其他炸猪排了。平复下心情，主食还是要的。去过日本的人对日本的米饭品质应该印象深刻，这家的米饭，那就是深刻中的深刻了。

⑤ 鳗屋广川（うなぎ屋 廣川）：鳗鱼料理（米其林一星）★

广川位于京都著名景点岚山，天龙寺进口的对面，广川店名和料理法源自江户年间在埼玉县熊谷市鳗鱼老店广川，现店于昭和 42 年（1967 年）建立以来，已传到第三代店主牧野顺二。

鳗鱼料理的料理法有关东、关西之分，关东做法是先蒸后烤，关西的做法是直接烤。而广川因为是原址位于关东的店，虽然现在在关西，但做法还是关东式的。广川坚持只采用严选的本国野生鳗或本国养殖鳗。没有预约，但店内还很空，玻璃外就是庭院，景观还是很好的。

考究的鳗鱼料理店全部是活杀活料理的形式，因此，需要在店内养殖鳗鱼。广川养殖鳗鱼的水全部是来自岚山嵯峨野的地下水，每日更换。另外，广川在烤碳方面坚持使用最高级的和歌山产备长碳。

与其他店吃过的相比，该店的鳗鱼饭甜味不突出，更多的是清香。影响烤鳗鱼最后的口感——烤制时刷的酱料是关键，而广川用的酱料，最早制作于天保年间，每日根据使用情况再行添加原料，从不曾全部丢弃。所以，我吃的鳗鱼饭是 170 年前的酱料烤的。

:

End

かいせきりょうり

20

中 国

×

台湾，大地、海洋
是他们取之不尽的粮仓

China: Land and Ocean

Are Their Inexhaustible Granaries

Text / 朱天衣

▷▷ 对台湾饮食影响最大的则是 1950 年左右的那场迁徙，由大陆各个省份移居来的人们，把大江南北各种饮食习惯带进了这座南方岛屿。◁◁

台湾虽只是座小岛，但在吃的方面，却集中体现了中国人“民以食为天”的精神。它是如此多元，除了食材丰富，各色料理俱全，连价位也十分多样，从高档餐厅到庶民小吃完全能满足每个人的需求，这都要拜不同时间迁徙来台的移民所赐。

从最早来自南岛的原住民到从对岸沿海迁徙来的客家、闽南族群，而后占领过台湾的荷兰人、西班牙人、日本人及后来随国民党来的所谓外省人，乃至近年陆续由东南亚移进的新住民，或多或少地都为台湾的饮食文化增添了新的元素。

原住民的风味餐，虽因不同部落在食材上各有撷取，但原则上都是有什么吃什么，且不太做储存，连有疗效的药草，也是现采现食，不像汉人的青草店多是将药草晒干后才熬煮成汤。但也因为就地取材，当许多常看到却不常食用的动植物出现在原住民风味餐中时，就要考验不同族群对饮食文化的认知了。但绝对能肯定的是，只要脱离所谓的都市文明，原住民朋友绝对生活得比我们好，因为大地、海洋便是他们取之不尽的粮仓。

谈到客家料理，又和客家人勤俭的天性有关了。早先以务农为主的客家人，在烹煮食物的过程中，多是多油多盐的，因为好下饭才能多做活，且因着节俭及未雨绸缪，所以特别擅长腌渍菜干，光是芥菜都能变化出各式菜肴。刚收割的青绿芥菜直接以大骨高汤熬煮，是过年必备的长年菜；以盐巴暴腌搓揉后，放入缸内再注入煮沸放凉的洗米水，浸渍两周后便成了酸菜；若经日晒加工则称为“福菜”，和酸菜一样佐以五花肉片或肚片煮成汤，即是客家料理绝不能少的汤品；若将“福菜”继续曝晒至完全脱水，成了梅干菜，用来炖三层肉是再下饭不过了。

而个头儿较小的白萝卜，切成大小不一的不同形状，经阳光曝晒后，则有不同的吃法。像这些由芥菜、萝卜、笋子、豆角、高丽菜等变幻出的各式菜干，都是标准客家菜不可或缺的基底。目前台湾到处都吃得到客家菜，但老实说，我挺怕进城市里所谓改良后的客家馆，端上桌的都是汤汤水水的菜肴，所以要吃地道的客家菜，还是要到客家庄，不过与其上馆子不如找个客家朋友直接上门叨扰，因为最正宗的客家菜都藏在寻常百姓家。我就始终觉得外公家的封肉、蹄膀、鸡酒、酸笋、长年菜及各式内脏热炒，是所有外头餐馆比不上的。

至于传统的闽南料理多源自福建，口味都带点儿甜意。去年夏天去了一趟福州，便发现许多自幼吃惯的餐点，原来都是先民从对岸跨海带过来的，糕饼、点心亦只是随着食材、胃口的略异做了些微调，比如在台湾始终不退烧的蚵仔面线、鱿鱼羹、花枝（墨鱼）羹、肉羹便是由典型的闽系羹汤幻化而成的。基隆庙口的鼎边锉、士林夜市的蚵仔煎（蚝烙）、包着绞肉的福州鱼丸、裹了花生粉的金门贡糖、夹了红豆馅的蒸糕、混了些梅粉葱油的雪花片，也都系出同门全来自彼岸，至于那宴席上的佛跳墙、红糟腐乳肉就更不必说了。

不过整体来说，台湾的闽南料理与客家菜一样，并不太讲究做工，有的食材够新鲜，或烫或炸的煮熟了即食，且不脱岛民豪放个性，总是大盘大碗伺候，尤以乡间婚丧喜庆“办桌”宴客最能领略其精髓。有时寻块空地或占用半边马路搭起棚子，摆上十几二十张桌子，架起临时炉灶便轰轰烈烈地蒸煮炒炸起来。置办出来的酒菜绝不输餐厅，而且少了装潢场地的花费，那菜色菜量都扎实得很，席间还有歌舞助兴，完完全全展现了台湾的乡土风情。

当然，另一种快速体现台湾饮食文化的方式，便是走访任一处夜市了。台湾夜市从南到北不下千处，贩卖的商品包罗万象，但其中仍以吃食为主。这些吃食摊子虽大同小异，但这小异也正是各夜市最具代表性之处，比如前面所提的基隆庙口夜市，除了鼎边锉，还有著名的炸天妇罗、奶油螃蟹、清炖猪脚，以及甜点汤圆、麻捞及李鹄糕饼；若来到士林夜市，不能错过蚵仔煎、烤大香肠、炸鸡排、生炒花枝、大饼包小饼、“我家”的蜜豆冰，及以沙茶入味的卤鸭翅鸡脚。

而其他散落在台北市区内的饶河、宁夏、华西街等夜市，则又有数不尽的特色小吃。

台湾饮食多少也受过日本人的影响。小时候住外公家，每值出游，掌厨的阿姨为我们准备的午膳，便是包了紫苏梅的饭团。梅子是外公腌渍的，完全的日本风，咸酸到难以入口，但包在饭团中可防米饭变质，还可压抑晕车欲呕的恶心感。年节时外公也会用小火炉烤乌鱼子佐酒，这是我们小孩子只能闻香的美味。那时以为所谓的日式料理就是味噌汤、寿司、生鱼片，后来才知道，一般面摊或海产店里的黑白切（即随便切盘），其汆烫（一种料理方法）手法就源自日式的极简风。

对台湾饮食影响最大的则是1950年左右的那场迁徙，由大陆各个省份移居来的人们，也把大江南北各种饮食习惯带进了这座南方岛屿。从小，我们住的眷村就好似整个中国的缩影，逢年过节时，邻居伯伯阿姨们便会祭出压箱宝、烹调出各式各样的家乡味，过年必备的腊肠就有湖南辣肠、四川麻辣肠、广东肝肠、江浙豆腐肠，当然也有本省妈妈灌制的偏甜的香肠。到了端午，各家又会端出不同造型、不同馅料的各色粽子。然而这批移民多是只身来台的，就算幸运能携眷，多半也仅止于年轻的妻子。少了上一辈的指导，许多家乡菜是靠着记忆加想象烹制出来的，且因为食材不全、邻友交流，最后所研发出的菜肴已分不清是哪一省口味了，便以“眷村菜”名之，牛肉面便是代表性产物。

我的客家母亲便有许多这样不知如何归档的私房菜，其中除了从邻家妈妈那儿学来的南北料理，还有跟着父亲在外应酬上馆子，回家凭臆测做出来的宴席菜。那时节上馆子是件大事，非得是婚宴、祝寿、升官才会花大钱在外庆祝。而这些餐馆多是外省口味，如北京烤鸭三吃、北方面食点心以及湘菜、鲁菜、川菜、粤菜馆，数量少得可以。

后来随着经济起飞，各色外国料理陆续进驻台湾，在我学生时代最红的就是西餐厅，尽管刀叉并不比筷子文明，但年轻人就爱那西式装潢，和弥漫着

的西洋音乐的调调，即便所费不赀，男女约会仍爱到此报到。其后有一段时间，牛排餐似乎又凌驾一切之上，俨然是西餐的代表，且总是以炙烤过的铁板呈现（这又是受到日本人的影响）。不管是夜市还是中价位的牛排馆，至今仍维持着这种用餐方式，台湾人若没听到铁板滋滋作响，便不觉得自己是在吃牛排。

类似一窝蜂赶流行的还有港式饮茶、韩国石头火锅、土鸡城、泡沫红茶店（附各色小点心）、葡式蛋挞、珍珠奶茶、意大利比萨、日本拉面、小笼包等，近年随东南亚新住民而来的泰国、越南料理，也搭上了养生风被炒作了起来。这些外来料理，或当地人研发出来的饮食，其中不少如昙花一现般销声匿迹，当然也有经得起考验的，就此落地生根成为台湾饮食文化的一部分。

我在成长过程中，亲历了台湾饮食的诸多变迁，在物资匮乏的年代，人们对吃的要求仅止于温饱，偶尔吃到舶来食品便惊艳不已。幼儿园时喝到人生第一杯咖啡；十岁时在百货公司吃到第一个冰激凌；国中毕业时用刀叉享用第一份滋滋作响的铁板牛排；二十五岁吃到用牛油炸的薯条鸡块，因为麦当劳、肯德基快餐餐饮是在那年才进台湾的。

之后的三十年间，台湾也曾度过一段经济躁动期，表现在饮食文化上，便是极尽炫富、浪费之能事。一块月饼卖到数千元，一桌鱼翅鲍鱼宴万元起跳，吃到饱的餐厅大行其道，好在这样的状况随着经济退烧也慢慢过去了。现在台湾流行的是小确幸，藏在巷弄里有个性有特色的小餐馆，靠着口耳相传，兢兢业业守着自己的一片小天地：有周游列国后回来开的异国料理，有传承阿嬷的味道做的古早味，也有打着健康环保旗帜卖的当地有机蔬食，这也间接鼓励了小农的有机耕作，如此返璞归真总是件好事。

这一年来我鲜少外食，甚至连上市场采买的时候都不多。平日餐桌上多是自己地里生养的青蔬野菜鸡子儿，采撷到什么就吃什么。这样自给自足的饮食方式，不仅让碳足迹化为零，也好似回到玩扮家家酒的童年时光，餐餐都在寻宝，餐餐都是惊喜。这也能算台湾饮食的一部分吗?

我倒希冀是如此。

End...

21

德 国

×

啤酒与高山冻茶

German: Beer and Frozen

Tea From Mountain

Text & Photo / 飞机的坏品位

▹▹ 喝茶，是需要缘分的，跟遇人很像，有些茶，价格颇高，也被人们吹得天花乱坠，但你喝不出那味儿，或者说不适合你的味蕾，也是白搭。◃◃

半夜，我在街角等一位朋友，一个小时过去了，两个小时过去了，依然没见朋友的身影。看见那边有一个酒吧，窗景还挺美的，暖色调的烛光，与这外边的寒冷形成鲜明的对比，于是我毫不犹豫地推开了酒吧的木门。

因为快到圣诞节了，整个酒吧都是圣诞的装饰，每张桌上都放有一张圣诞树卡片，估计上面是菜单之类的东西。服务员走过来，问我喝点什么。本来我想依然延续平日的一贯作风，点杯蜂蜜柚子茶之类的便了事，反正也是等人，又没想过要买醉。但看了下菜单，心想既然有地道的德国啤酒，为何不点一杯呢？结果，的确证明我的选择是对的，非常好喝。

然后，看见一位男生抱着吉他，在紫红的灯光下开始唱歌。尽管是周末，但因为此地非中心地段，来的人并不多，实际上，整个酒吧只有我和一对夫妇两桌人，所以，每次他的演唱结束时，掌声都少得可怜。不过，他唱得挺不错的，原本只是想进来避寒的我，顿时觉得有种“赚了”的感觉，啤酒好喝，还有不错的音乐相伴。

不一会儿，电话响了，我付了账推开酒吧的门准备离开，发现门前站着一位长满络腮胡的德国人在向我微笑，看了下招牌，他应该就是这间酒吧的老板吧。都到凌晨了，店里才只有一桌人，他一定觉得，生意太惨淡了。

几近黄昏，与父亲走累了，决定走进这家茶坊，去小坐一会儿，顺便吃个晚饭。之前经过这家店时我便留意到它非常现代的Loft（高大宽敞的复式结构）设计，而走进去又是非常中式的露台以及食堂。一位穿着亚麻布长衣的女士为我们沏茶，并简单介绍这家店的茶品，以及院子后面的客房。看我们饶有兴趣，便带我们在后院逛了逛。

这是我与父亲第一次单独出行，我们像两个好奇心十足的孩子，走到哪里都四处张望。喝茶，是需要缘分的，跟遇人很像，有些茶，价格颇高，也被人们吹得天花乱坠，但你喝不出那味儿，或者说不适合你的味蕾，也是白搭。这

家店的茶，单是入口便顿生好感，立即买了一小袋“冰冻装”的，回家做纪念，想回味时便立即能享用。

老板娘见我们喜欢，又从后院拿了不同种类的茶，给我俩品尝，可都没有第一道味道好。离开时，与父亲谈论着那位女老板，我俩一致认为她有种气质。她不漂亮，却有些性感，这种性感不是身体性的，是一种眼神与肢体的自然流露，是一个不经意的微笑，是一种内在智慧的传达，这很重要。然后，我扶着左颠右晃的父亲消失在夜幕里，原来他又偷偷在西装内兜里放了一瓶二锅头。

:

End...

♨ 作 者

▽ B

◆ 冰清 / 食品营养学硕士。从 2003 年起开始美食写作，出版个人专辑《美味人生》，被中国现代文学馆收藏。出版合集《白纸黑字》，被哈佛图书馆收藏。CCTV-4《海外华人》节目曾拍摄其传记，进行专辑报道。中国农业大学特聘外教，英文教授《烹饪营养学》课程。连续四届担任硅谷美食节评委主任。

▽ D

◆ 等等深 / 成都姑娘，生于 1988 年 8 月 28 日，迄今旅行过五大洲的 68 个国家和地区，喜欢深度居游。游遍欧洲，也在中东约旦生活过几个月，做过保护死海和西亚湿地的工作。曾搭上 62 辆便车行 8000 千米从肯尼亚一路穿越多国到南非开普敦。现于秘鲁读书、生活。热衷于保护自然环境，以及与不同国家各种背景的人交流。希望成为一生奉献于环境保护和文化交流的环球旅人。

▽ F

◆ 飞机的坏品位 / 原名杨昌溢，生活美学创意人，作家。曾出版《香蕉哲学》，畅销 50 余万册，以其独特的陈述和充满诗性的影像折射出当代年轻人的反思与共鸣。作品常以短文搭配诗歌的形式，零碎中又有其逻辑，对当代人的身份焦虑、人际关系、情欲、理想、孤独等问题进行了独特而深入的探讨。现已出版《香蕉哲学》《薄荷日记》《樱桃之书》等。

▽ H

◆ 韩伟 / 70 后，年轻时玩过乐队，做过摇滚乐手，后在多个行业摸爬滚打，曾供职于知名五星级酒店和上市地产公司，资深策划、策展人。现为《美食圈》出品人、主编，《带好胃口去旅行》作者。

▽ K

◆ Kim.D / 居住纽约 10 年，家有二喵。业余爱好摄影、吃饭。睡觉打呼噜，走路不走直线。最想当有花臂的动物园园长（只完成了花臂…）。

▽ L

◆ 洛艺嘉 / 中国作家协会会员。在出版了 3 本小说后，突然决定开始一个人的世界游。11 年时间，游遍七大洲 111 国。经历过两次战争和北非、中东动荡。见证过死亡，遭遇过持枪抢劫、飞机迫降成功、车祸，却始终可以继续前行，用脚步丈量地球的经纬。迄今已出版旅行文学 8 本。在中国台湾出版《在爱的国度旅行》后，媒体称："30 年前三毛满足了我们对撒哈拉的想象。30 年后，我们等来了洛艺嘉。"

◆ 刘文 / 1988 年出生，18 岁在香港求学，定居至今。获过两届全国新概念作文大赛二等奖、香港青年文学奖散文高级组冠军、香港中文大学学术创新奖、三苏纪念文学奖等。白天是执业会计师，晚上是拉丁舞者。著有《如果在巴黎，一个旅人》《我爱我自己，你爱你自己》《香港美食地图》等。

▽ M

◆ 麻晓娟 / 生活在巴黎的中国人，热爱艺术、设计、旅行、摄影。作为自由撰稿人的她，常以西方世界人群的生活方式、文化行为、思维逻辑等为主题来体现中西文化差异。

◆ 闵嵩 / 自由撰稿人，现居奥地利。

▽ N

◆ 纽约桃花 / Sonia，早年就读于以电视制作闻名的纽约市立大学布鲁克林学院，获得新闻与电视制作硕士学位；后在著名的美国 CBS 电视台担任过项目制作编译，并在位于纽约时代广场的著名音乐电视台 MTV 总部国际部工作，后被派往新加坡亚洲总部担任电视节目制作人。现居纽约。

▽ P

◆ Pauan Soares（鲍安·索阿雷斯）/ 巴西人，过往 24 年人生的绝大部分时间都奉献给了里约热内卢这座城市。目前在学习艺术和电影。喜欢旅行、食物、自然、艺术史和文化。爱猫，素食主义者。

▽ Q

◆ 秦孟 / 英国拉夫堡大学 传媒与文化分析硕士毕业。伦敦 “Kolmo Events & Design” 公司活动组织策划人。全球音乐运动 “Sofar Sounds” 中国区负责人。生活在伦敦的北京人。喜欢好故事和有魔力的人。

▽ R

◆ 任紫玉 / 在路上的旅行者，旅行摄影撰稿人，汉语国际教育硕士。多个旅游网站的旅行达人，图文作品见于《潜水》《最小说》等杂志。北京人民广播电台旅行节目嘉宾。

▽ S

◆ 苏不归 / 1982 年 11 月生于重庆，20 岁赴大不列颠学习生活 6 年。现居上海。坚持文学创作，以诗歌创作和诗歌翻译为主。

◆ 孙一帆 / 小野人帆帆，走过 56 国，办过摄影展，做过民乐指挥。曾就职于投资银行，现于剑桥大学攻读心理与教育学硕士学位。

▽ W

◆ 王觉眠 / 记者，旅居南美 3 年。钟爱旅行、美食、历史、文学、绘画，回国后依然怀念那 “戴着印第安宝石的配饰、穿着无印良品的宽大衬衫，外加一双旧马丁靴” 的日子。著有《Hi，布宜诺斯艾利斯》。

◆ 吴辛欣 / 作家，留学法国，久居巴黎，翻译过多部法语作品。著有《一个人住在巴黎》。

▽ Y

◆ 鄢俊 / 热爱旅行和美食，现居德国。

▽ Z

◆ 朱天衣 / 台湾著名作家，她与姐姐朱天文、朱天心同为台湾地区重要的当代作家。其父亲为著名作家朱西宁，母亲是刘慕沙。一家人皆为作家，堪称佳话。在大陆读者群中，有较大的影响，是标志性的文艺人物。

◆ 张朴／作家，挪威奥斯陆大学媒体学硕士，出版有《仿佛，一场告别》、《香港的前后时光》（内地和港台版）、《孤独要趁好时光》等。

◆ 郑枫／作家、媒体人，大学毕业后游学法国两年，走遍大半个欧罗巴，身影出没在香港文艺短片《枫丹白露》中。著有《天使爱巴黎》。崇尚达摩流浪者、梦旅人的生活而不可得，但始终牢记“永远年轻，永远热泪盈眶”。

◆ 中午十三点／80后，对“和食”有较大兴趣，研读过较多与之相关的书籍，并乐于探店觅食。自2011年起，带着家人连续七次到日本旅行，足迹遍布日本四岛，除感受各地不同风情外，最大愿望及收获便是吃遍日本，认为“若非无可奈何，还请好好勾画旅行中的每顿饭”。

◆ 周上／85后，2013年9月，远行蒙古国首都乌兰巴托，开始9个月的教书生涯，从此吃货便走在了路上，同时开始记录蒙古国的饮食文化。2014年至2016年赴任泰国，2016年至今赴任美国，继续将吃货理想进行到底。人生目标是“既要游遍八方，也要吃遍天下”。

◆ 周能／80后，由于工作关系踏上了拉美的土地，随即被拉美的风土人情吸引。在拉美大地生活4年，走进过玛雅文化的中心危地马拉、印加文化的中心马丘比丘，以及拉美南端的高乔人的草原。

書中自有
ALL IN BOOKS

inn earth
地球旅馆

出品方　地球旅馆
出品人　张进步
策划监制　程　碧

出版统筹　马　丽
执行编辑　二　毛　朱　莹
封面设计　lemon
内文排版　八月松子 August pine nut

发　　行　闫庆强
营　　销　何雨淳　吴　桐

新浪微博　　微信公众号